卞尺丹几乙し丹卞と
Translated Language Learning

Alice's Adventures in Wonderland

ونڈر لینڈ میں ایلس کی مہم جوئی

Lewis Carroll

لوئس کیرول

English / اردو

Down the Rabbit Hole
خرگوش کے سوراخ کے نیچے

Alice was beginning to get very tired

ایلس بہت تھکی ہوئی ہونے لگی تھی

she was sitting by her sister on the grass bank

وہ گھاس کے کنارے اپنی بہن کے پاس بیٹھی تھی

but she had nothing to do

لیکن اس کے پاس کرنے کو کچھ نہیں تھا

her sister was reading a book

اس کی بہن ایک کتاب پڑھ رہی تھی

once or twice Alice peeped into the book

ایک یا دو بار ایلس نے کتاب میں جھانک کر دیکھا۔

but the book had no pictures or conversations in it

لیکن کتاب میں کوئی تصویر یا گفتگو نہیں تھی۔

"what use is a book without pictures?," thought Alice

"تصاویر کے بغیر کتاب کا کیا فائدہ؟ "ایلس نے سوچا؟

"why would a book have no conversations?"

"کتاب میں کوئی بات چیت کیوں نہیں ہوتی؟"

but she had other things to consider

لیکن اس کے پاس غور کرنے کے لئے دیگر چیزیں تھیں

"making a chain of daisies would be a pleasure"

"ڈیزیز کی زنجیر بنانا ایک خوشی ہوگی"

"but is it worth the effort of getting up and picking the daisies??"

"لیکن کیا یہ اٹھنے اور اسٹیج اٹھانے کی کوشش کے لائق ہے؟"

this was not so easy to think about

اس کے بارے میں سوچنا اتنا آسان نہیں تھا

because the day was making her feel sleepy and stupid

کیونکہ وہ دن اسے نیند اور بے وقوفی کا احساس دلا رہا تھا

but suddenly her thoughts were interrupted

لیکن اچانک اس کے خیالات میں خلل پڑ گیا۔

a White Rabbit with pink eyes ran close by her

گلابی آنکھوں والا ایک سفید خرگوش اس کے قریب دوڑ رہا تھا

There was nothing overly remarkable about the rabbit

خرگوش کے بارے میں کچھ بھی زیادہ قابل ذکر نہیں تھا

and Alice did not think the rabbit remarkable either

اور ایلس نے خرگوش کو بھی قابل ذکر نہیں سمجھا

nor did it surprise her when the Rabbit spoke

اور نہ ہی خرگوش کے بولنے پر اسے حیرت ہوئی

"Oh dear! I shall be too late!" he said to himself

"ارے بیٹی !مجھے بہت دیر ہو جائے گی "!اس نے اپنے آپ سے کہا

but then the Rabbit did something that rabbits didn't do

لیکن پھر خرگوش نے کچھ ایسا کیا جو خرگوش وں نے نہیں کیا

the Rabbit took a watch out of its waistcoat-pocket

خرگوش نے اپنی کمر کی جیب سے گھڑی نکالی

he looked at the time and then hurried on

اس نے وقت کی طرف دیکھا اور پھر جلدی سے آگے بڑھا۔

Alice got to her feet, in amazement

ایلس حیرت سے اپنے پیروں پر کھڑی ہو گئی

she had never seen a rabbit with a waistcoat before!

اس نے پہلے کبھی کمر کوٹ والا خرگوش نہیں دیکھا تھا!

nor had she ever seen a rabbit with a watch!

اور نہ ہی اس نے کبھی کسی خرگوش کو گھڑی کے ساتھ دیکھا تھا!

Alice was burning with a new curiosity

ایلس ایک نئے تجسس سے جل رہی تھی

and she ran across the field after the Rabbit

اور وہ خرگوش کے پیچھے کھیت میں دوڑی

she was just in time to see the rabbit disappear

وہ خرگوش کو غائب ہوتے دیکھنے کے لئے وقت پر تھی

the rabbit hopped down into a large rabbit-hole

خرگوش خرگوش کے ایک بڑے سوراخ میں گر گیا

In another moment, down went Alice after the rabbit!

ایک اور لمحے میں ، ایلس خرگوش کے پیچھے چلی گئی!

The rabbit-hole went straight on like a tunnel

خرگوش کا سوراخ ایک سرنگ کی طرح سیدھا چلا گیا

and the tunnel kept going for some distance

اور سرنگ کچھ فاصلے تک چلتی رہی۔

and then the path suddenly dipped down

اور پھر راستہ اچانک نیچے گر گیا۔

Alice had not a moment to think about stopping herself

ایلس کے پاس خود کو روکنے کے بارے میں سوچنے کے لئے ایک لمحہ بھی نہیں تھا

she found herself falling down and down and down

اس نے خود کو نیچے اور نیچے گرتے ہوئے پایا

it seemed as if she had fallen down a very deep well

ایسا لگ رہا تھا جیسے وہ بہت گہرے کنویں سے نیچے گر گئی ہو۔

Either the well was very deep, or she fell very slowly

یا تو کنواں بہت گہرا تھا، یا وہ بہت آہستہ آہستہ گر گیا۔

because she had plenty of time to fall

کیونکہ اس کے پاس گرنے کے لئے کافی وقت تھا

as she was falling she could look all around her

جب وہ گر رہی تھی تو وہ اپنے ارد گرد دیکھ سکتی تھی

First, she tried to make out where she was going

سب سے پہلے، اس نے یہ جاننے کی کوشش کی کہ وہ کہاں جا رہی ہے

but the well was too dark to see anything

لیکن کنواں اتنا اندھیرا تھا کہ کچھ بھی نہیں دیکھ سکتا تھا

then she looked at the sides of the well

پھر اس نے کنویں کے اطراف کو دیکھا

and she noticed that there were cupboards all around her

اور اس نے دیکھا کہ اس کے چاروں طرف الماریاں تھیں۔

and all around the well were book-shelves

اور کنویں کے چاروں طرف کتابوں کی الماریاں تھیں۔

here and there she saw maps and pictures hung upon pegs

یہاں اور وہاں اس نے نقشے اور تصاویر کو خندقوں پر لٹکا ہوا دیکھا۔

She took down a jar from one of the shelves as she passed

گزرتے ہی اس نے الماریوں میں سے ایک سے ایک جار اتارا۔

the jar was labelled for its content

جار کو اس کے مواد کی وجہ سے لیبل کیا گیا تھا

"MARMALADE MADE FROM ORANGES"

"نارنگی سے بنایا گیا مربہ"

but, to her great disappointment, the marmalade jar was empty

لیکن، اس کی بڑی مایوسی کے لئے، مرمیلڈ جار خالی تھا

she did not want to drop the empty marmalade jar

وہ خالی مربہ جار کو گرانا نہیں چاہتی تھی

and her fall was very slow

اور اس کا زوال بہت سست تھا

so she managed to put the marmalade jar into one of the cupboards

لہٰذا وہ مربہ کے برتن کو الماریوں میں سے ایک میں ڈالنے میں کامیاب ہو گئیں۔

Down, down, down she fall!

نیچے، نیچے، نیچے وہ گرتا ہے!

Would the fall ever come to an end?

کیا زوال کبھی ختم ہو جائے گا؟

There was nothing else to do

کرنے کے لئے کچھ اور نہیں تھا

so Alice soon began talking to herself

تو ایلس نے جلد ہی اپنے آپ سے بات کرنا شروع کر دیا

"Dinah will miss me very much tonight, I should think!"

"دینا مجھے آج رات بہت یاد کرے گی، مجھے سوچنا چاہئے"!

Dinah was Alice's cat

دینا ایلس کی بلی تھی

"I hope they'll remember her saucer of milk at tea-time"

"مجھے امید ہے کہ وہ چائے کے وقت اس کے دودھ کی چٹنی کو یاد رکھیں گے "

"Dinah, my dear, I wish you were down here with me!"

"دینا، میرے پیارے، کاش تم یہاں میرے ساتھ ہوتے"!

Alice felt that she was dozing off

ایلس نے محسوس کیا کہ وہ دم توڑ رہی ہے

and then suddenly, thump! thump!

اور پھر اچانک، تھپکی !تھپکی!

down she fell upon a heap of sticks

نیچے وہ لاٹھیوں کے ڈھیر پر گر گئی

and she landed on a pile of dry leaves

اور وہ خشک پتوں کے ڈھیر پر اتر گئی۔

and finally the long fall down the hole was over

اور آخر کار سوراخ سے نیچے گرنے کا طویل عرصہ ختم ہو گیا۔

Alice was not a bit hurt

ایلس کو ذرا بھی چوٹ نہیں آئی

and she jumped up within a moment

اور وہ ایک لمحے کے اندر ہی چھلانگ لگا دی

She looked up, but it was all dark overhead

اس نے اوپر دیکھا، لیکن اوپر اندھیرا تھا

in front of her was another long corridor

اس کے سامنے ایک اور لمبی راہداری تھی۔

and the White Rabbit was still in sight

اور سفید خرگوش ابھی بھی نظر آ رہا تھا

he was hurrying down the corridor

وہ تیزی سے کوریڈور کی طرف جا رہا تھا

There was not a moment to be lost

کھونے کے لئے ایک لمحہ بھی نہیں تھا

off ran Alice like the wind

ایلس کو ہوا کی طرح چلایا گیا

around the corner turned the rabbit

کونے کے ارد گرد خرگوش نے پلٹ دیا

she was just in time to hear the rabbit

وہ خرگوش کی آواز سننے کے لئے وقت پر تھا

""Oh, my ears and whiskers"

"اوہ، میرے کان اور مونچھیں"

"how late it's getting!"

"کتنی دیر ہو رہی ہے"!

She was close behind the rabbit

وہ خرگوش کے پیچھے تھا

she turned around another corner

وہ ایک اور کونے میں مڑ گئی

but the Rabbit was no longer to be seen

لیکن خرگوش اب نظر نہیں آ رہا تھا

She found herself in a long, low hall

اس نے خود کو ایک لمبے، نچلے ہال میں پایا

the hall was lit up by a row of ceiling lamps

ہال چھت کے چراغوں کی ایک قطار سے روشن تھا

There were doors all around the hall

ہال کے چاروں طرف دروازے تھے

but all the doors were locked

لیکن تمام دروازے بند تھے

she walked all the way down one side of the hall

وہ ہال کے ایک طرف چلتے رہے۔

and she had walked all the way up the other side of the hall

اور وہ ہال کے دوسری طرف تک چل پڑی تھی۔

she had tried every door

اس نے ہر دروازہ آزمایا تھا

and she walked sadly down the middle of the hall

اور وہ اداس ہو کر ہال کے وسط میں چلی گئی۔

"how am I ever going to get out again?"

"میں دوبارہ کیسے باہر جاؤں گا؟"

Suddenly she came upon a little table

اچانک وہ ایک چھوٹی سی میز پر آ گئی

the table was made entirely of solid glass

میز مکمل طور پر ٹھوس شیشے سے بنی تھی

There was nothing on the table but a tiny golden key

میز پر ایک چھوٹی سی سنہری چابی کے سوا کچھ نہیں تھا

the key might belong to one of the doors!

چابی دروازوں میں سے کسی ایک سے متعلق ہوسکتی ہے!

but, alas! some of the locks were too large for the keys

لیکن، افسوس! کچھ تالے چابیوں کے لئے بہت بڑے تھے

and for the other locks the key was too small

اور دوسرے تالے کے لئے چابی بہت چھوٹی تھی۔

but, at any rate, the key opened none of the doors

لیکن، کسی بھی قیمت پر، چابی نے کوئی دروازہ نہیں کھولا

but what was she to do?

لیکن اسے کیا کرنا تھا؟

she went through the hall again

وہ ایک بار پھر ہال سے گزری

and this time she noticed a low curtain

اور اس بار اس نے ایک نچلے پردے کو دیکھا

behind the curtain was a little door

پردے کے پیچھے ایک چھوٹا سا دروازہ تھا

the door was about fifteen inches high

دروازہ تقریبا پندرہ انچ اونچا تھا

She tried the little golden key in the lock

اس نے تالے میں چھوٹی سی سنہری چابی آزمائی

and to her great delight, the key fit in the lock!

اور اس کی بڑی خوشی کے لئے، چابی تالے میں فٹ ہے!

Alice opened the door

ایلس نے دروازہ کھولا

and she found the door led into a small corridor

اور اس نے دیکھا کہ دروازہ ایک چھوٹی سی راہداری کی طرف جاتا ہے۔

the corridor was not much larger than a rat-hole

راہداری چوہے کے سوراخ سے زیادہ بڑی نہیں تھی

she knelt down and looked along the corridor

وہ گھٹنے ٹیک کر کوریڈور کی طرف دیکھنے لگی۔

and she saw the loveliest garden you have ever seen

اور اس نے سب سے پیارا باغ دیکھا جو تم نے کبھی دیکھا ہے

how she longed to get out of that dark hall

وہ کس طرح اس تاریک ہال سے باہر نکلنے کی خواہش مند تھی

how she wanted to wander among those bright flowers

وہ ان روشن پھولوں کے درمیان کیسے گھومنا چاہتی تھی

how cool refreshing those fountains looked

وہ چشمے کتنے ٹھنڈے لگ رہے تھے

but she could not even get her head through the doorway

لیکن وہ دروازے سے اپنا سر بھی نہیں نکال سکی۔

"Oh," said Alice, mournfully

"اوہ، "ایلس نے ماتم کرتے ہوئے کہا۔

"how I wish I could fold up like a telescope!"

"کاش میں دوربین کی طرح جوڑ سکتا"!

"I think I could fold up like a telescope"

"مجھے لگتا ہے کہ میں ایک دوربین کی طرح جوڑ سکتا ہوں"

"if I only knew how to begin"

"کاش میں جانتا ہوتا کہ کیسے شروع کرنا ہے"

Alice went back to the table

ایلس واپس میز پر چلی گئی

there was the chance of finding another key

ایک اور کلید تلاش کرنے کا موقع تھا

or there might be a book of rules

یا قواعد کی ایک کتاب ہو سکتی ہے

the book could tell her how to fold up like a telescope

کتاب اسے بتا سکتی ہے کہ ٹیلی سکوپ کی طرح کیسے جوڑنا ہے

This time she found a little bottle

اس بار اسے ایک چھوٹی سی بوتل ملی

"this bottle certainly was not here before," said Alice

"یہ بوتل یقینی طور پر پہلے یہاں نہیں تھی، "ایلس نے کہا.

and tied around the neck of the bottle was a paper label

اور بوتل کی گردن میں ایک کاغذی لیبل باندھا ہوا تھا۔

the label was beautifully printed in large letters

لیبل خوبصورتی سے بڑے حروف میں پرنٹ کیا گیا تھا

"DRINK ME"

"مجھے پیو"

"No, I'll look first," she said

"نہیں، میں پہلے دیکھوں گی۔ "اس نے کہا.

"I'll see whether the bottle is marked as poisonous or not,"

"میں دیکھوں گا کہ بوتل کو زہریلا قرار دیا گیا ہے یا نہیں۔"

because she never forgot the lesson about poison

کیونکہ وہ زہر کے بارے میں سبق کبھی نہیں بھولی

"if a bottle is labelled poisonous, it's bound to disagree with you"

"اگر کسی بوتل کو زہریلا قرار دیا جائے تو یہ آپ سے متفق نہیں ہے"

However, this bottle was not marked as poisonous

تاہم اس بوتل کو زہریلے کے طور پر نشان زد نہیں کیا گیا تھا۔

so Alice ventured to taste the content of the bottle

لہذا ایلس نے بوتل کے مواد کا ذائقہ چکھنے کی کوشش کی

she found the liquid quite to her liking

اس نے مائع کو اپنی پسند کے مطابق پایا

the drink had a sort of mixed flavour

مشروب میں ایک قسم کا ملا جلا ذائقہ تھا

cherry-tart, custard, and pineapple

چیری-ٹارٹ، کسٹرڈ، اور اناناس

roast turkey, toffee, and toast with hot butter

ترکی، ٹافی اور ٹوسٹ کو گرم مکھن کے ساتھ بھونیں

and she soon finished off the bottle

اور اس نے جلد ہی بوتل ختم کر دی

"What a curious feeling!" said Alice

"کیا عجیب احساس ہے!" ایلس نے کہا۔

"I am folding up like a telescope!"

"میں ایک دوربین کی طرح فولڈ ہو رہا ہوں"!

And she was folding up like a telescope indeed!

اور وہ واقعی ایک دوربین کی طرح فولڈ ہو رہی تھی!

She was now only ten inches high

اب وہ صرف دس انچ اونچی تھی

and her face brightened up at her thoughts

اور اس کے خیالات سے اس کا چہرہ چمک اٹھا۔

now she was the the right size for the little door

اب وہ چھوٹے سے دروازے کے لئے صحیح سائز تھا

now she could go into that lovely garden

اب وہ اس خوبصورت باغ میں جا سکتی تھی

soon she stopped getting smaller

جلد ہی اس نے چھوٹا ہونا بند کر دیا

she decided on going into the garden at once

اس نے فوری طور پر باغ میں جانے کا فیصلہ کیا

but, alas for poor Alice!

لیکن، بے چارے ایلس کے لئے افسوس!

she got to the door

وہ دروازے تک پہنچی

but she had forgotten the little golden key

لیکن وہ چھوٹی سی سنہری چابی بھول گئی تھی

she went back to the table for the key

وہ چابی کے لئے میز پر واپس چلی گئی

but she found she could not reach high enough

لیکن اس نے پایا کہ وہ کافی بلندی تک نہیں پہنچ سکتی

she could see the key quite plainly through the glass

وہ شیشے کے ذریعے چابی کو بالکل واضح طور پر دیکھ سکتی تھی

she tried to climb up the legs of the table

اس نے میز کی ٹانگوں پر چڑھنے کی کوشش کی

but the glass was far too slippery

لیکن گلاس بہت پھسلن والا تھا

eventually she tired herself out with trying

آخر کار وہ کوشش کرنے سے تھک گئی

and the poor little girl sat down and cried

اور بیچاری چھوٹی سی لڑکی بیٹھ کر رونے لگی۔

Alice spoke to herself rather sharply

ایلس نے اپنے آپ سے زیادہ شدت سے بات کی

"Come, there's no use in crying like that!"

"آؤ، اس طرح رونے کا کوئی فائدہ نہیں"!

"I advise you to stop right this minute!"

"میں تمہیں مشورہ دیتا ہوں کہ اس لمحے رک جاؤ"!

She generally gave herself very good advice

وہ عام طور پر اپنے آپ کو بہت اچھا مشورہ دیتی تھی۔

though she very seldom followed her own advice

اگرچہ وہ شاذ و نادر ہی اپنے مشورے پر عمل کرتی تھی۔

and she sometimes was too harsh on herself

اور وہ کبھی کبھی اپنے آپ پر بہت سخت تھی

and her words brought tears into her eyes

اور اس کے الفاظ اس کی آنکھوں میں آنسو لے آئے۔

Soon her eye fell upon a little glass box

جلد ہی اس کی نظر شیشے کے ایک چھوٹے سے ڈبے پر پڑی۔

the little glass box was lying under the table

شیشے کا چھوٹا سا ڈبہ میز کے نیچے پڑا تھا

in the glass box was a very small cake

شیشے کے ڈبے میں ایک بہت چھوٹا سا کیک تھا

on the cake some words were beautifully written

کیک پر کچھ الفاظ خوبصورتی سے لکھے گئے تھے

the words had been marked in currants

الفاظ کو کرنٹ میں نشان زد کیا گیا تھا

"EAT ME"

"مجھے کھاؤ"

"Well, I'll eat the cake," said Alice

"ٹھیک ہے، میں کیک کھا لوں گی۔ "ایلس نے کہا۔

"and if the cake makes me grow larger, I can reach the key"

"اور اگر کیک مجھے بڑا بناتا ہے، تو میں چابی تک پہنچ سکتا ہوں"

"and if the cake makes me grow smaller, I can creep under

the door"

"اور اگر کیک مجھے چھوٹا کر دیتا ہے ، تو میں دروازے کے نیچے رینگ سکتا ہوں۔

"so either way I'll get into the garden"

"تو کسی بھی طرح میں باغ میں داخل ہو جاؤں گا"

"and I don't care which of the two happens!"

"اور مجھے پرواہ نہیں ہے کہ ان دونوں میں سے کیا ہوتا ہے"!

She ate a little bit of the cake

اس نے کیک کا تھوڑا سا حصہ کھایا

and she anxiously spoke to herself:

اور اس نے بے چینی سے اپنے آپ سے کہا:

"Which way? Which way?"

"کس راستے سے؟ کس راستے سے؟"

and she held her hand on her head

اور اس نے اپنا ہاتھ اپنے سر پر رکھا

she wanted to feel which way she was growing

وہ محسوس کرنا چاہتی تھی کہ وہ کس طرف بڑھ رہی ہے

she was quite surprised to find what had happened

وہ یہ جان کر بہت حیران ہوئی کہ کیا ہوا تھا

she had remained the same size!

وہ ایک ہی سائز کی تھی!

so this time she doubled her efforts

لہٰذا اس بار اس نے اپنی کوششوں کو دوگنا کر دیا۔

and soon she finished off the whole cake

اور جلد ہی اس نے پورا کیک ختم کر دیا

The Pool of Tears
آنسوؤں کا تالاب

"This is getting more and more interesting!" cried Alice

"یہ زیادہ سے زیادہ دلچسپ ہوتا جا رہا ہے "!ایلس نے چیخ کر کہا۔

You can see she was very surprised

آپ دیکھ سکتے ہیں کہ وہ بہت حیران تھا

"I'm opening out like the largest telescope there ever was!"

"میں اب تک کی سب سے بڑی دوربین کی طرح کھول رہا ہوں"!

"Good-bye, feet! Oh, my poor little feet"

"الوداع، پاؤں !اوہ، میرے غریب چھوٹے پاؤں"

"I wonder who will put on your shoes for you now, dears?"

"میں حیران ہوں کہ اب تمہارے لیے تمہارے جوتے کون پہنے گا، عزیزو؟"

"and I wonder who will put on your stockings?"

"اور میں حیران ہوں کہ آپ کا سامان کون رکھے گا؟"

"I shall be a great deal too far away"

"میں بہت دور ہو جاؤں گا"

"I won't be able trouble myself about you anymore"

"میں اب آپ کے بارے میں اپنے آپ کو پریشان نہیں کر سکوں گا"

Just at this moment her head struck against something

بس اسی لمحے اس کا سر کسی چیز سے ٹکرا گیا۔

she had reached the roof of the hall

وہ ہال کی چھت پر پہنچ چکی تھی

in fact, she was now more than two meters tall

درحقیقت، وہ اب دو میٹر سے زیادہ لمبا تھا

and she at once took up the little golden key

اور اس نے فوری طور پر چھوٹی سی سنہری چابی اٹھا لی

and she hurried off to the garden door

اور وہ جلدی سے باغ کے دروازے کی طرف چلی گئی۔

Poor Alice! There was not much she could do

بیچارہ ایلس !وہ زیادہ کچھ نہیں کر سکتی تھی

she laid down on one side

وہ ایک طرف لیٹ گیا

and she looked through into the garden with one eye

اور اس نے ایک آنکھ سے باغ میں دیکھا

but to get through was more hopeless than ever

لیکن اس سے گزرنا پہلے سے کہیں زیادہ مایوس کن تھا۔

She sat down and began to cry again

وہ بیٹھ گئی اور دوبارہ رونے لگی

She went on shedding gallons of tears

وہ گیلن آنسو بہاتی رہی۔

soon there was a large pool all around her

جلد ہی اس کے چاروں طرف ایک بڑا تالاب بن گیا۔

and the water reached half-way down the hall

اور پانی ہال سے آدھے راستے تک پہنچ گیا۔

After a time, she heard a little pattering of feet

تھوڑی دیر کے بعد، اس نے پیروں کی ہلکی سی دھڑکن سنی۔

she heard the feet coming from the distance

اس نے دور سے پاؤں کی آواز سنی

and she hastily dried her eyes to see what was coming

اور اس نے جلدی سے اپنی آنکھیں خشک کیں تاکہ دیکھ سکیں کہ کیا ہو رہا ہے

It was the White Rabbit returning

یہ سفید خرگوش واپس آ رہا تھا

he was splendidly dressed

اس نے شاندار لباس پہنا ہوا تھا

he had a pair of white gloves in one hand

اس کے ایک ہاتھ میں سفید دستانے تھے۔

and he had a large feather fan in the other hand

اور اس کے دوسرے ہاتھ میں پنکھ کا ایک بڑا پنکھا تھا۔

He came trotting along in a great hurry

وہ بڑی جلدی میں ساتھ آیا۔

and he muttered to himself, "Oh! the Duchess, the Duchess!"

اور اس نے اپنے آپ سے کہا،" اوہ !ڈچز، ڈچز"!

"Oh! won't she be savage if I've kept her waiting!"

"اوہ !اگر میں نے اسے انتظار میں رکھا ہوتا تو کیا وہ وحشی نہیں ہوتی!

When the Rabbit came near her, Alice spoke

جب خرگوش اس کے قریب آیا تو ایلس بولی

but she spoke in a low, timid voice

لیکن وہ دھیمی، ڈرپوک آواز میں بولی

"sir, please stop what you're doing for one moment"

"جناب، آپ جو کچھ کر رہے ہیں اسے ایک لمحے کے لیے روک دیں"

The Rabbit startled violently

خرگوش زور زور سے چونک گیا

he dropped the white gloves and the feather fan

اس نے سفید دستانے اور پنکھ کا پنکھا گرا دیا

and he scurried away into the darkness as fast as he could

اور وہ جتنی جلدی ہو سکے اندھیرے میں چلا گیا۔

Alice picked up the feather fan and gloves

ایلس نے پنکھ کا پنکھا اور دستانے اٹھائے

and she kept fanning herself while she kept talking

اور وہ بات کرتے ہوئے اپنے آپ کو ہوا دیتی رہی

"Dear, dear! How strange everything is today!"

"پیارے، عزیز !آج سب کچھ کتنا عجیب ہے "!

"yesterday things went on just as usual"

"کل سب کچھ معمول کے مطابق چلتا رہا"

"Was I the same when I got up this morning?"

"آج صبح جب میں جب اٹھا تو کیا میں بھی ویسا ہی تھا؟"

"But if I'm not the same, there is another question"

"لیکن اگر میں وہی نہیں ہوں، تو ایک اور سوال ہے "

"Who in the world am I?"

"میں دنیا میں کون ہوں؟"

"Ah, that's the great puzzle!"

"اوہ، یہ سب سے بڑی پہیلی ہے "!

As she said this, she looked down at her hands

یہ کہتے ہوئے اس نے اپنے ہاتھوں کو نیچے دیکھا۔

she was wearing one of the rabbits little white gloves

اس نے خرگوشوں میں سے ایک چھوٹے سفید دستانے پہنے ہوئے تھے

she hadn't noticed she put the glove on while talking

اس نے بات کرتے ہوئے دستانے پہنے ہوئے نہیں دیکھا تھا

"How can I have done that?" she thought

"میں ایسا کیسے کر سکتی ہوں؟ "اس نے سوچا۔

"I must be growing small again"

"میں ایک بار پھر چھوٹا ہو جاؤں گا"

She got up and went to the table to measure her height

وہ اٹھی اور اپنے قد کی پیمائش کرنے کے لئے میز پر چلی گئی۔

she found that she was now about half a meter tall

اسے پتہ چلا کہ اب وہ تقریبا آدھا میٹر لمبی ہے

and she was still shrinking rapidly

اور وہ اب بھی تیزی سے سکڑ رہی تھی

She soon found out what the cause of the shrinking was

اسے جلد ہی پتہ چل گیا کہ سکڑنے کی وجہ کیا تھی۔

the feather fan was making her smaller again!

پنکھ کا پنکھا اسے ایک بار پھر چھوٹا بنا رہا تھا!

and she dropped the feather fan hastily

اور اس نے جلد بازی میں پنکھ کا پنکھا گرا دیا

she dropped the feather fan just in time to save herself

اس نے خود کو بچانے کے لئے پنکھ کا پنکھا وقت پر گرا دیا

had she fanned herself any longer she would have shrunk away entirely

اگر اس نے اپنے آپ کو مزید آگے بڑھایا ہوتا تو وہ مکمل طور پر سکڑ جاتی۔

"That was a narrow escape!" said Alice

"یہ ایک تنگ فرار تھا" !ایلس نے کہا.

and she was a good deal frightened at the sudden change

اور وہ اس اچانک تبدیلی سے بہت خوفزدہ تھی

but she was very glad to find herself still in existence

لیکن وہ خود کو اب بھی وجود میں پا کر بہت خوش تھی۔

"And now, off to the garden!"

"اور اب، باغ کی طرف چلو"!

And she ran with all speed back to the little door

اور وہ پوری رفتار کے ساتھ چھوٹے سے دروازے کی طرف بھاگی۔

but, alas! the little door was shut again

لیکن، افسوس !چھوٹا سا دروازہ دوبارہ بند ہو گیا

and the little golden key was lying on the glass table again

اور چھوٹی سی سنہری چابی دوبارہ شیشے کی میز پر پڑی تھی۔

"Things are worse than ever," thought the poor child

"حالات پہلے سے بھی بدتر ہیں، "بیچارے بچے نے سوچا۔

"I never was so small as this before, never!"

"میں پہلے کبھی اتنا چھوٹا نہیں تھا، کبھی نہیں"!

As she said these words, her foot slipped

جیسے ہی اس نے یہ الفاظ کہے، اس کا پاؤں پھسل گیا

and in another moment there was a great splash!

اور ایک اور لمحے میں ایک زبردست دھوم مچ گئی!

she was up to her chin in salt-water

وہ نمک کے پانی میں اپنی ٹھوڑی تک تھی

Her first idea was that she had somehow fallen into the sea

اس کا پہلا خیال یہ تھا کہ وہ کسی طرح سمندر میں گر گئی ہے

However, she soon realized what she was in

تاہم، اسے جلد ہی احساس ہو گیا کہ وہ کس حالت میں ہے

she was in a pool of tears

وہ آنسوؤں کے تالاب میں تھی

the tears she had wept when she was two meters tall

وہ آنسو جو وہ اس وقت روئے تھے جب وہ دو میٹر لمبی تھیں

Just then she heard something

تبھی اس نے کچھ سنا

something was splashing about in the pool

تالاب میں کچھ چھڑک رہا تھا

the splashing came from a little way off

چھڑکاؤ تھوڑا دور سے آیا تھا

and she swam nearer to see what the splashing was

اور وہ تیر کر یہ دیکھنے کے لیے قریب آئی کہ چھڑکاؤ کیا ہے

she soon saw that it was only a little mouse

اس نے جلد ہی دیکھا کہ یہ صرف ایک چھوٹا سا چوہا تھا

the little mouse had slipped in to the water too

چھوٹا چوہا بھی پانی میں پھسل گیا تھا

Alice thought to herself about the situation

ایلس نے اپنے آپ کو صورتحال کے بارے میں سوچا

"Would it be of any use to speak to this mouse?"

"کیا اس ماؤس سے بات کرنے کا کوئی فائدہ ہوگا؟"

"Everything is so up-side-down down here"

"یہاں سب کچھ بہت اوپر کی طرف ہے"

"I should think very likely this mouse can talk"

"مجھے لگتا ہے کہ یہ چوہا بات کر سکتا ہے"

"at any rate, there's no harm in trying"

"کسی بھی قیمت پر، کوشش کرنے میں کوئی نقصان نہیں ہے"

So she began trying to talk to the mouse

تو اس نے چوہے سے بات کرنے کی کوشش شروع کردی

"Oh Mouse, do you know the way out of this pool?"

"اوہ ماؤس، کیا تم اس تالاب سے باہر نکلنے کا راستہ جانتے ہو؟"

"I am very tired of swimming about here, Oh Mouse!"

"میں یہاں تیرکر بہت تھک گیا ہوں، اوہ ماؤس"!

The mouse looked at her rather inquisitively

چوہے نے تجسس سے اس کی طرف دیکھا

the mouse seemed to wink with one of its little eyes

چوہا اپنی ایک چھوٹی سی آنکھ سے آنکھیں ماررہا تھا

but the little mouse said nothing

لیکن چھوٹے چوہے نے کچھ نہیں کہا

"Perhaps the mouse doesn't understand English," thought Alice

"شاید چوہے کو انگریزی سمجھ نہیں آتی، "ایلس نے سوچا۔

"I dare say it's a French mouse"

"میں یہ کہنے کی ہمت کرتا ہوں کہ یہ ایک فرانسیسی چوہا ہے "

"perhaps this mouse came over with William the Conqueror"

"شاید یہ چوہا ولیم فاتح کے ساتھ آیا تھا"

So she began again, in French

تو اس نے فرانسیسی میں دوبارہ شروع کیا

"Where is my cat?" she asked in French

"میری بلی کہاں ہے؟ "اس نے فرانسیسی میں پوچھا۔

it was the first sentence in her French lesson-book

یہ ان کی فرانسیسی سبق کی کتاب کا پہلا جملہ تھا۔

The Mouse gave a sudden leap out of the water

ماؤس نے پانی سے اچانک چھلانگ لگائی

and the mouse seemed to quiver all over with fright

اور چوہا ہر طرف خوف سے کانپرہا تھا

"Oh, I beg your pardon!" cried Alice hastily

"اوہ، میں آپ سے معافی مانگتی ہوں "!ایلس نے جلدی سے پکارا۔

she was afraid that she had hurt the poor animal's feelings

اسے ڈر تھا کہ اس نے بیچارے جانور کے جذبات کو ٹھیس پہنچائی ہے

"I quite forgot you didn't like cats"

"میں بالکل بھول گیا کہ آپ بلیوں کو پسند نہیں کرتے"

"I don't like cats!" cried the Mouse in a shrill, passionate voice

"مجھے بلیاں پسند نہیں ہیں"!ماؤس نے ایک تیز، پرجوش آواز میں پکارا۔

"Would you like cats, if you were me?"

"اگر تم میں ہوتے تو کیا تم بلیاں پسند کرتے؟"

Alice comforted the mouse in a soothing tone

ایلس نے چوہے کو آرام دہ لہجے میں تسلی دی

"Well, perhaps I would not like cats if I were you either"

"ٹھیک ہے، اگر میں آپ بھی ہوتے تو شاید میں بلیوں کو پسند نہیں کرتا"

"please don't be angry about the mention of cats"

"براہ مہربانی بلیوں کے ذکر پر غصہ نہ کریں"

"And yet I wish I could show you our cat Dinah"

"اور پھر بھی کاش میں تمہیں اپنی بلی دینا دکھا سکتا۔"

"if you met her I think you'd take a fancy to cats"

"اگر آپ اس سے ملے تو مجھے لگتا ہے کہ آپ بلیوں کو پسند کریں گے"

"if you could only see her"

"کاش تم اسے دیکھ سکتے"

"She is such a dear, quiet thing"

"وہ بہت پیاری، خاموش چیز ہے"

The mouse was shaking all over

چوہا چاروں طرف کانپ رہا تھا

Alice felt certain the mouse must be really offended

ایلس کو یقین تھا کہ ماؤس واقعی ناراض ہوگا

"We won't talk about her any more, if you'd rather not"

"ہم اس کے بارے میں مزید بات نہیں کریں گے، اگر آپ ایسا نہیں کرنا چاہیں گے"

"We, indeed!" cried the Mouse

"ہم واقعی"!چوہے نے چیخ کر کہا۔

the mouse was trembling down to the end of its tail

چوہا اپنی دم کے آخر تک کانپ رہا تھا

"As if I would talk on such a subject!"

"جیسے میں ایسے موضوع پر بات کروں"!

"Our family always hated cats"

"ہمارا خاندان ہمیشہ بلیوں سے نفرت کرتا ہے"

"cats; nasty, low, vulgar things!"

"بلیاں۔ گندی، گھٹیا، فحش چیزیں"!

"Don't let me hear the name again!"

"مجھے دوبارہ نام نہ سننے دو"!

"I won't mention cats again indeed!" said Alice

"میں دوبارہ بلیوں کا ذکر نہیں کروں گی !"ایلس نے کہا۔

she was in a great hurry to change the subject

وہ موضوع کو تبدیل کرنے کے لئے بہت جلدی میں تھا

"Are you... are you fond of dogs?"

"کیا تم ہو ...کیا تمہیں کتوں سے محبت ہے؟"

"There is such a nice little dog near our house,"

"ہمارے گھر کے قریب اتنا اچھا چھوٹا کتا ہے۔"

"I should like to show you the little dog!"

"میں تمہیں چھوٹا کتا دکھانا چاہتا ہوں"!

"this little dog kills all the rats and...

"یہ چھوٹا سا کتا تمام چوہوں کو مارتا ہے اور..."

"oh, dear!" cried Alice in a sorrowful tone

"اوہ پیارے "!ایلس نے غمگین لہجے میں پکارا۔

"I'm afraid I've offended you again!"

"مجھے ڈر ہے کہ میں نے آپ کو ایک بار پھر ناراض کر دیا ہے"!

the mouse was swimming away from her as fast as it could go

چوہا جتنی تیزی سے جا سکتا تھا اس سے دور تیر رہا تھا

and the mouse made quite a commotion in the pool

اور چوہے نے تالاب میں کافی ہنگامہ برپا کر دیا

So she called softly after the mouse

تو اس نے آہستہ سے چوہے کے پیچھے پکارا۔

"my dear mouse, please come back!"

"میرے پیارے چوہے، براہ مہربانی واپس آؤ"!

"and we won't talk about cats"

"اور ہم بلیوں کے بارے میں بات نہیں کریں گے"

"and we don't have to talk about dogs either"

"اور ہمیں کتوں کے بارے میں بھی بات کرنے کی ضرورت نہیں ہے"

When the mouse heard this, it turned around

جب ماؤس نے یہ سنا، تو وہ پیچھے مڑ گیا

and the little mouse swam slowly back to her

اور ننھا چوہا آہستہ آہستہ تیر کر اس کے پاس واپس آ گیا۔

the mouse's face was quite pale

چوہے کا چہرہ کافی پیلا تھا

and the mouse spoke, in a low, trembling voice

اور چوہا دھیمی، کانپتی ہوئی آواز میں بولا

"Let us get to the shore"

"چلو ہم ساحل پر آتے ہیں"

"and then I'll tell you my history"

"پھر میں تمہیں اپنی تاریخ بتاؤں گا۔"

"and you'll understand why it is I hate cats and dogs"

"اور آپ سمجھ جائیں گے کہ مجھے بلیوں اور کتوں سے نفرت کیوں ہے"

It had become high time to go

جانے کا یہ بہترین وقت بن گیا تھا

because the pool was getting quite crowded

کیونکہ تالاب میں کافی بھیڑ لگ رہی تھی

other birds and animals had fallen into the pool

دوسرے پرندے اور جانور تالاب میں گر گئے تھے

there were a Duck and a Dodo

وہاں ایک بطخ اور ایک ڈوڈو تھا

and there was a Lory bird and an Eaglet

اور وہاں ایک لوری پرندہ اور ایک ایگلٹ تھا۔

and there were several other interesting looking creatures

اور وہاں کئی اور دلچسپ نظر آنے والے جانور بھی تھے۔

Alice led the way out the pool

ایلس نے تالاب سے باہر نکلنے کا راستہ دکھایا

and the whole party of animals swam to the shore

اور جانوروں کی پوری جماعت تیر کر ساحل کی طرف چلی گئی۔

A caucus race and a long tail
ایک کاکس ریس اور ایک لمبی دم
They were indeed a funny-looking bunch of animals
وہ واقعی ایک مضحکہ خیز نظر آنے والے جانوروں کا گروہ تھے
and they all assembled on the water's bank
اور وہ سب پانی کے کنارے جمع ہو گئے
the birds all had bedraggled feathers
ان تمام پرندوں کے پر پھٹے ہوئے تھے
and the furry animals were soaked through
اور پیارے جانوروں کو بھیگ دیا گیا تھا
and all were dripping wet, annoyed and uncomfortable
اور سب گیلے، ناراض اور بے چین ٹپک رہے تھے

there was one question that had to be answered first
ایک سوال تھا جس کا جواب پہلے دینا تھا
what is the best way for everyone to get dry?
ہر کسی کے لئے خشک ہونے کا بہترین طریقہ کیا ہے؟
They had a consultation about this matter
انہوں نے اس معاملے پر مشاورت کی تھی۔
soon they were all on familiar terms

جلد ہی وہ سب معروف شرائط پر تھے

it was as if she had known them all her life

ایسا لگتا تھا جیسے وہ انہیں ساری زندگی جانتی تھی

the mouse seemed to be a person of some authority

ماؤس کسی اختیار کا حامل شخص لگ رہا تھا

"Sit down, all of you, and listen to me!

"تم سب بیٹھو اور میری بات سنو!

"I'll soon make you all dry again!"

"میں جلد ہی تم سب کو دوبارہ خشک کر دوں گا"!

They all sat down at once, in a large ring

وہ سب ایک ہی وقت میں ایک بڑی انگوٹھی میں بیٹھ گئے۔

and the little mouse sat in the middle

اور چھوٹا چوہا درمیان میں بیٹھ گیا

"Ahem!" said the mouse with an important air

"آہ!" چوہے نے ایک اہم ہوا کے ساتھ کہا۔

"Are you all ready?"

"تم سب تیار ہو؟"

"This is the driest thing I know"

"یہ سب سے خشک چیز ہے جو میں جانتا ہوں"

"Silence all around, if you please!"

"اگر تم چاہو تو چاروں طرف خاموشی"!

"William the Conqueror was favoured by the pope"

"ولیم فاتح کو پوپ کی طرف سے پسند کیا گیا تھا"

"but he was soon submitted to by the English"

"لیکن جلد ہی انگریزوں نے اس کے سامنے سر تسلیم خم کر دیا"

"they wanted leaders of late"

"وہ دیر سے لیڈر چاہتے تھے"

"and they had been accustomed to power and conquest"

"اور وہ طاقت اور فتوحات کے عادی ہو چکے تھے"

"Edwin and Morcar, the Earls of Mercia and Northumbria"

"ایڈون اور مورکر، مرسیا اور نارتھمبریا کے ارلز"

"Ugh!" said the lori bird, with a shiver

"اوہ!" لوری پرندے نے کانپتے ہوئے کہا۔

"and even Stigand, the patriotic archbishop of Canterbury"

"اور یہاں تک کہ سٹیگنڈ، کینٹربری کے محب وطن آرچ بشپ"

"he also found it advisable"

"اس نے بھی اسے مناسب سمجھا"

"What did he find advisable?" said the duck

"اسے کیا مناسب لگا؟ "بطخ نے کہا۔

"He found it advisable" the mouse replied rather crossly

"اسے یہ مناسب لگا "ماؤس نے اس کے بجائے جواب دیا

but the duck was not satisfied

لیکن بطخ مطمئن نہیں تھا

"of course, you know what 'it' means"

"یقیناً، آپ جانتے ہیں کہ' اس 'کا کیا مطلب ہے "

"I know what 'it' is when I find a thing," said the duck

بطخ نے کہا ،" میں جانتا ہوں کہ جب مجھے کوئی چیز ملتی ہے تو' یہ '
کیا ہوتا ہے۔

"it's generally a frog or a worm"

"یہ عام طور پر ایک مینڈک یا ایک کیڑا ہے "

"The question is, what did the archbishop find?"

سوال یہ ہے کہ آرچ بشپ نے کیا پایا؟

The mouse did not notice this question

ماؤس نے اس سوال کو نوٹ نہیں کیا

instead, the mouse hurriedly went on with the speech

اس کے بجائے، چوہے نے جلدی سے تقریر جاری رکھی۔

"he found it advisable to go with Edgar Atheling"

"انہوں نے ایڈگر ایتھلنگ کے ساتھ جانا مناسب سمجھا"

"to meet William and offer him the crown"

"ولیم سے ملنے اور اسے تاج پیش کرنے کے لئے "

the mouse continued, turning to Alice as it spoke

ماؤس نے بات جاری رکھتے ہوئے ایلس کی طرف رخ کیا

"How are you getting on now, my dear?"

"اب تم کیسے چل رہے ہو بیٹی؟"

"As wet as ever," said Alice in a melancholy tone

"ہمیشہ کی طرح گیلا، "ایلس نے اداس لہجے میں کہا۔

"this story doesn't seem to dry me at all"

"ایسا لگتا ہے کہ یہ کہانی مجھے بالکل بھی خشک نہیں کرتی ہے "

"In that case," said the dodo solemnly, rising to its feet

"اس صورت میں، "ڈوڈو نے اپنے پیروں پر کھڑے ہو کر سنجیدگی
سے کہا۔

"I vote that the meeting be adjourned"

"میں ووٹ دیتا ہوں کہ اجلاس ملتوی کر دیا جائے"

"and I propose an immediate adoption of more energetic remedies"

"اور میں فوری طور پر زیادہ توانائی بخش علاج کو اپنانے کی تجویز کرتا ہوں"

"Speak real words!" said the eaglet

"حقیقی الفاظ بولو!"عقاب نے کہا۔

"I don't know the meaning of half of those long words"

"میں ان لمبے الفاظ میں سے آدھے کا مطلب نہیں جانتا"

"and, what's more, I don't believe you know either!"

"اور، اس سے بھی بڑھ کر، مجھے یقین نہیں ہے کہ آپ بھی جانتے ہیں!"

"What I was going to say," said the dodo in an offended tone

"میں کیا کہنے جا رہا تھا؟"ڈوڈو نے ناراض لہجے میں کہا۔

"the best thing to get us dry would be a caucus-race"

"ہمیں خشک کرنے کے لئے سب سے اچھی چیز کاکس ریس ہوگی"

"What is a caucus-race?" said Alice

"کاکس ریس کیا ہے؟" "ایلس نے کہا۔

"Well," said the dodo, "the best way to explain it is to do it"

"ٹھیک ہے، "ڈوڈو نے کہا،" اس کی وضاحت کرنے کا بہترین طریقہ یہ ہے کہ ایسا کیا جائے۔

"First the dodo marked out a race-course"

"سب سے پہلے ڈوڈو نے ایک ریس کورس کی نشاندہی کی"

"the track was in a sort of circle"

"ٹریک ایک طرح کے دائرے میں تھا"

"and then all the party were placed along the course"

"اور پھر تمام پارٹیوں کو راستے میں ڈال دیا گیا"

There was no "One, two, three and away!"

کوئی" ایک، دو، تین اور دور "انہیں تھا.

but they began running when they liked

لیکن جب وہ چاہیں تو انہوں نے دوڑنا شروع کر دیا

and they also finished when they liked

اور جب وہ چاہیں ختم بھی کر دیتے تھے

so it was not easy to know when the race was over

لہذا یہ جاننا آسان نہیں تھا کہ ریس کب ختم ہوئی۔

after half an hour or so of running they were all quite dry

آدھے گھنٹے کی دوڑ کے بعد وہ سب کافی خشک تھے۔

the dodo suddenly called out, "The race is over!"

ڈوڈو نے اچانک پکارا،" دوڑ ختم ہو گئی ہے"!

and they all crowded around the dodo

اور وہ سب ڈوڈو کے ارد گرد جمع ہو گئے

all the animals were panting and puffing

تمام جانور تڑپ رہے تھے اور پھونک رہے تھے

and they all wanted to know, "But who has won?"

اور وہ سب جاننا چاہتے تھے،" لیکن کون جیت گیا ہے؟"

This question the dodo could not immediately answer

اس سوال کا جواب ڈوڈو فوری طور پر نہیں دے سکا

first he had to do a great deal of thinking

سب سے پہلے اسے بہت سوچنے کی ضرورت تھی

after much thinking, the dodo finally spoke

بہت سوچنے کے بعد، ڈوڈو آخر کار بولا

"Everybody has won, and all must have prizes"

"ہر کوئی جیت گیا ہے، اور سب کے پاس انعام ہونا چاہئے"

"But who is to give the prizes?" asked a chorus of voices

"لیکن انعامات کون دے گا؟" "آوازوں کے ایک گروپ نے پوچھا۔

"Well, she, of course," said the dodo

"ٹھیک ہے، وہ، بالکل، "ڈوڈو نے کہا۔

and the dodo pointed with one finger to Alice

اور ڈوڈو نے ایک انگلی سے ایلس کی طرف اشارہ کیا۔

and the whole party of animals crowded around her

اور جانوروں کی پوری جماعت اس کے ارد گرد جمع ہو گئی۔

they called out, in a confused way, "Prizes! Prizes!"

انہوں نے الجھے ہوئے انداز میں پکارا،" انعامات !انعام"!

Alice had no idea what to do

ایلس کو اندازہ نہیں تھا کہ کیا کرنا ہے

in despair she put her hand into her pocket

مایوس ہو کر اس نے اپنا ہاتھ جیب میں ڈال لیا

and she pulled out a box of sweets

اور اس نے مٹھائی کا ڈبہ نکالا۔

luckily the salt-water had not got into the box

خوش قسمتی سے نمکین پانی ڈبے میں نہیں آیا تھا۔

and she handed the sweets around as prizes

اور اس نے مٹھائیاں انعام کے طور پر تقسیم کیں۔

There was exactly one piece for everyone

ہر ایک کے لئے بالکل ایک ٹکڑا تھا

The next thing they had to do was to eat the sweets

اگلا کام جو انہیں کرنا تھا وہ مٹھائی ان کھانا تھا۔

this caused some noise and confusion

اس سے کچھ شور اور الجھن پیدا ہوئی

the large birds complained that they could not taste their sweets

بڑے پرندوں نے شکایت کی کہ وہ ان کی مٹھائی کا ذائقہ نہیں لے سکتے

the small ones choked and had to be patted on the back

چھوٹے بچوں کا گلا گھونٹ دیا گیا اور ان کی پیٹھ تھپتھپانا پڑی۔

However, it was over at last

تاہم، آخر کار یہ ختم ہو گیا تھا۔

and they sat down again in a ring

اور وہ دوبارہ ایک انگوٹھی میں بیٹھ گئے۔

and they begged the mouse to tell them something more

اور انہوں نے چوہے سے درخواست کی کہ وہ انہیں کچھ اور بتائے۔

"You promised to tell me your history, you know," said Alice

'تم نے مجھے اپنی تاریخ بتانے کا وعدہ کیا تھا، تم جانتے ہو، "ایلس نے کہا۔

and she made another little remark about cats in a whisper

اور اس نے سرگوشی میں بلیوں کے بارے میں ایک اور چھوٹا سا تبصرہ کیا

she didn't want to offend the mouse again

وہ چوہے کو دوبارہ ناراض نہیں کرنا چاہتا تھا

the little mouse turned to Alice and sighed

ننھا چوہا ایلس کی طرف مڑ گیا اور آہ بھری

"Mine is a long and a sad tale!"

"!میری ایک لمبی اور افسوسناک کہانی ہے"

"It is a long tail, certainly," said Alice

.یہ ایک لمبی دم ہے، یقینی طور پر، "ایلس نے کہا"

and she looked down with wonder at the mouse's tail

اور اس نے حیرت سے چوہے کی دم کو دیکھا۔

"but why do you call it a sad tail?"

"لیکن تم اسے اداس دم کیوں کہتے ہو؟"

And she kept on puzzling about it while the mouse was speaking

اور جب چوہا بول رہا تھا تو وہ اس کے بارے میں پریشان رہی۔

so that her idea of the tale was something like this

تاکہ کہانی کے بارے میں اس کا خیال کچھ اس طرح ہو۔

                    "Fury said to
                  a mouse, That
                   he met in the
                      house, 'Let
                       us both go
                        to law: *I*
                     will prosecute
                   you.—
                        Come, I'll
                     take no denial:
                  We must have
                    the trial;
                    For really
                 this morning
              I've
              nothing
              to do.'
                   Said the
                      mouse to
                        the cur,
                         'Such a
                        trial, dear
                       sir, With
                          no jury
                            or judge,
                             would
                            be wasting
                             our
                            breath.'
                        'I'll be
                     judge,
                  I'll be
               jury,'
             said
             cunning
              old
                 Fury;
                  'I'll
                    try
                       the
                        whole
                         cause,
                          and
                       condemn
                  you to
                death.'"

Fury said to a mouse, That he met in the house"

فیوری نے ایک چوہے سے کہا کہ وہ گھر میں ملا تھا۔

Let us both go to law: I will prosecute you

آئیے ہم دونوں قانون کی طرف جائیں :میں آپ پر مقدمہ چلاؤں گا۔

Come, I'll take no denial: We must have the trial

آؤ، میں انکار نہیں کروں گا :ہمیں ٹرائل کرنا ہوگا

For really this morning I've nothing to do

واقعی آج صبح میرے پاس کرنے کے لئے کچھ نہیں ہے

Said the mouse to the cur;

چوہے نے علاج سے کہا۔

Such a trial, dear sir, With no jury or judge, would be wasting our breath

اس طرح کا مقدمہ، پیارے جناب، بغیر کسی جیوری یا جج کے، ہماری سانسیں ضائع کر رہے ہوں گے۔

"I'll be judge, I'll be jury," said cunning old Fury

"میں جج بنوں گا، میں جیوری بنوں گا، "چالاک بوڑھا فیوری نے کہا۔

I'll try the whole cause, and condemn you to death

میں پورے مقصد کی کوشش کروں گا، اور تمہیں موت کی سزا دوں گا

the mouse spoke severely to Alice

چوہے نے ایلس سے سختی سے بات کی

"You are not paying attention!"

"تم توجہ نہیں دے رہے"!

"What are you thinking of?"

"تم کیا سوچ رہے ہو؟"

"I beg your pardon," said Alice very humbly

"میں آپ سے معافی مانگتی ہوں۔ "ایلس نے بڑی عاجزی سے کہا۔

"you had got to the fifth bend, I think?"

"مجھے لگتا ہے کہ تم پانچویں موڑ پر پہنچ گئے ہو؟"

"You insult me by talking such nonsense!"

"تم ایسی فضول باتیں کرکے میری توہین کرتے ہو"!

and the mouse got up and walked away

اور چوہا اٹھ کر چلا گیا

Alice called after the little mouse

ایلس نے چھوٹے چوہے کے پیچھے پکارا

"Please come back and finish your story!"

"براہ مہربانی واپس آئیں اور اپنی کہانی ختم کریں"!

And the others all joined in chorus

اور باقی سبھی نے بھی اس میں حصہ لیا۔

"Yes, please do finish your story!"

"جی ہاں، براہ مہربانی اپنی کہانی ختم کریں"!

But the mouse only shook its head impatiently

لیکن چوہے نے صرف بے صبری سے اپنا سر ہلایا

and the little mouse walked a little quicker

اور چھوٹا چوہا تھوڑا تیزی سے چل رہا تھا

"I wish I had Dinah, our cat, here!" said Alice

"کاش میرے پاس دینا، ہماری بلی، یہاں ہوتی "!ایلس نے کہا۔

This caused a remarkable sensation among the party

اس سے پارٹی میں غیر معمولی سنسنی پھیل گئی۔

Some of the birds hurried off at once

کچھ پرندے ایک ہی وقت میں بھاگ گئے

and a Canary called out in a trembling voice, to its children;

اور ایک کینری نے کانپتی ہوئی آواز میں اپنے بچوں کو پکارا۔

"Come away, my dears!"

"!چلے جاؤ میرے پیارے"

"It's high time you were all in bed!"

"!اب وقت آگیا ہے کہ آپ سب بستر پر ہوں"

with various excuses they all went away

مختلف بہانوں سے وہ سب چلے گئے

and Alice was soon left alone

اور ایلس جلد ہی اکیلا رہ گیا

"I wish I hadn't mentioned Dinah!"

"!کاش میں نے دینا کا ذکر نہ کیا ہوتا"

"Nobody seems to like her down here"

"ایسا لگتا ہے کہ یہاں کوئی بھی اسے پسند نہیں کرتا"

"but I'm sure she's the best cat in the world!"

"!لیکن مجھے یقین ہے کہ وہ دنیا کی سب سے بہترین بلی ہے"

Poor Alice began to cry again

بیچاری ایلس نے پھر رونا شروع کر دیا

because she felt very lonely and low-spirited

کیونکہ وہ بہت اکیلا اور کم جوش محسوس کرتی تھی۔

In a little while, however, she again heard something

تاہم تھوڑی دیر میں اس نے ایک بار پھر کچھ سنا۔

a little pattering of footsteps in the distance

دور سے قدموں کی ہلکی سی دھڑکن

and she looked up eagerly

اور اس نے بے چینی سے اوپر دیکھا

The rabbit sends in little Mr Bill
خرگوش چھوٹے مسٹر بل کو بھیجتا ہے

It was the white rabbit,trotting slowly back again

یہ سفید خرگوش تھا، جو آہستہ آہستہ واپس آ رہا تھا

he was looking about anxiously as he went

جاتے ہوئے وہ بے چینی سے دیکھ رہا تھا

he looked as if he had lost something

وہ ایسا لگ رہا تھا جیسے اس نے کچھ کھو دیا ہو

Alice heard him muttering to himself

ایلس نے اسے اپنے آپ سے چیختے ہوئے سنا

"The Duchess! The Duchess! Oh, my dear paws!"

"شہزادی ڈچز !اوہ، میرے پیارے پنجے !"

"Oh, my fur and whiskers!"

"اوہ، میری کھال اور مونچھیں"!

"She'll get me executed, I'm sure of that"

"وہ مجھے پھانسی دے دے گی، مجھے اس بات کا یقین ہے "

"just as sure as ferrets are ferrets!"

"بالکل اتنا ہی یقینی ہے جتنا فیریٹس فیریٹ ہیں"!

"Where can I have dropped my things, I wonder?"

"میں اپنی چیزیں کہاں چھوڑ سکتا ہوں، مجھے حیرت ہے؟"

Alice guessed in a moment what he was looking for

ایلس نے ایک لمحے میں اندازہ لگایا کہ وہ کیا تلاش کر رہا ہے

he was looking for the feather fan

وہ پنکھ کے پنکھے کی تلاش میں تھا

and he was looking for the pair of white gloves

اور وہ سفید دستانے کی جوڑی کی تلاش میں تھا

so she very good-naturedly began looking for the gloves

لہٰذا اس نے بہت اچھے مزاج سے دستانے تلاش کرنا شروع کر دیے۔

and she looked for the feather fan too

اور اس نے پنکھ کے پنکھے کو بھی تلاش کیا

but the gloves and feather fan were nowhere to be seen

لیکن دستانے اور پنکھ کا پنکھا کہیں نظر نہیں آ رہا تھا۔

everything seemed to have changed since her swim in the pool

تالاب میں تیرنے کے بعد سے ایسا لگتا تھا کہ سب کچھ بدل گیا ہے

nothing was the same since she had been in the great hall

جب سے وہ عظیم ہال میں تھی تب سے کچھ بھی ایک جیسا نہیں تھا۔

and the glass table had vanished

اور شیشے کی میز غائب ہو گئی تھی

and the little door wasn't there either

اور چھوٹا سا دروازہ بھی وہاں نہیں تھا

Very soon the rabbit noticed Alice

بہت جلد خرگوش نے ایلس کو دیکھا

he called to her in an angry tone

اس نے غصہ بھرے لہجے میں اسے پکارا

"Mary Ann, what are you doing out here?"

"مریم این، تم یہاں کیا کر رہی ہو؟"

"Run home this moment"

"اس لمحے گھر بھاگ جاؤ"

"and fetch me a pair of gloves and a feather fan!"

"اور میرے لیے دستانے کا ایک جوڑا اور پنکھ کا پنکھا لے آؤ"!

"and be quick about it!"

"اور اس کے بارے میں جلدی کرو"!

Alice spoke to herself as she ran off

ایلس نے بھاگتے ہوئے خود سے بات کی

"He must have mistaken me for his housemaid!"

"اس نے مجھے اپنی گھریلو ملازمہ سمجھ لیا ہوگا"!

"How surprised he'll be when he finds out who I am!"

"وہ کتنا حیران ہوگا جب اسے پتہ چلے گا کہ میں کون ہوں"!

As she said this, she came upon a neat little house

یہ کہتے ہی وہ ایک صاف ستھرے چھوٹے سے گھر پر آ گئی۔

on the door of the house was a bright brass plate

گھر کے دروازے پر ایک روشن پیتل کی پلیٹ تھی۔

"W. RABBIT"

"ڈبلیو خرگوش"

She went in without knocking on the door

وہ دروازہ کھٹکھٹائے بغیر اندر چلی گئی

and she hurried straight upstairs

اور وہ جلدی سے سیدھا اوپر کی منزل پر آ گیا

she worried that she might meet the real Mary Ann

اسے فکر تھی کہ وہ حقیقی مریم این سے مل سکتی ہے

because then she would be turned out of the house

کیونکہ پھر اسے گھر سے نکال دیا جائے گا

and she wouldn't be able to find the feather fan and gloves

اور وہ پنکھ کا پنکھا اور دستانے تلاش نہیں کر پائے گی

Alice had found her way into a tidy little room

ایلس کو ایک صاف ستھرے چھوٹے سے کمرے میں داخل ہونے کا راستہ مل گیا تھا

in the room was a table by the window

کمرے میں کھڑکی کے پاس ایک میز تھی

and on the table was a feather fan

اور میز پر پنکھ کا پنکھا لگا ہوا تھا

and there were two or three pairs of tiny white gloves

اور چھوٹے چھوٹے سفید دستانے کے دو یا تین جوڑے تھے۔

she picked up the feather fan and a pair of the gloves

اس نے پنکھ کا پنکھا اور دستانے کا ایک جوڑا اٹھایا

and she was just about to leave the room

اور وہ کمرے سے باہر نکلنے ہی والی تھی

but then her eyes fell upon a little bottle

لیکن پھر اس کی نظر ایک چھوٹی سی بوتل پر پڑی۔

She uncorked the bottle and put it to her lips

اس نے بوتل کھولی اور اسے اپنے ہونٹوں پر رکھ لیا

"I do hope it'll make me grow large again"

"مجھے امید ہے کہ یہ مجھے دوبارہ بڑا کرے گا"

"I'm tired of being such a tiny little thing!"

"میں اتنی چھوٹی سی چیز بن کر تھک گیا ہوں"!

Alice had hardly drunk half the bottle

ایلس نے مشکل سے آدھی بوتل پی تھی

her head was already pressing against the ceiling

اس کا سر پہلے ہی چھت پر دبا ہوا تھا

and she had to stoop down

اور اسے نیچے گرنا پڑا

to save her neck from being broken

تاکہ اس کی گردن ٹوٹنے سے بچ سکے

She hastily put down the bottle

اس نے جلدی سے بوتل نیچے رکھ دی

"That's quite enough"

"یہ کافی ہے"

"I hope I don't grow anymore"

"مجھے امید ہے کہ میں اب ترقی نہیں کروں گا"

Alas! It was too late to wish that!

افسوس !یہ خواہش کرنے کے لئے بہت دیر ہو چکی تھی!

She went on growing and growing

وہ بڑھتی اور بڑھتی چلی گئی

and very soon she had to kneel down on the floor

اور بہت جلد اسے فرش پر گھٹنے ٹیکنے پڑے۔

and even then she went on growing

اور پھر بھی وہ بڑھتی چلی گئی۔

as a last resource she put one arm out of the window

آخری وسائل کے طور پر اس نے اس سے ایک بازو باہر رکھا

and she put one foot up the chimney

اور اس نے چمنی پر ایک پاؤں رکھا

"Now I can do no more, whatever happens"

"اب میں مزید کچھ نہیں کر سکتا، جو بھی ہو جائے"

"What will become of me?"

"میرا کیا بنے گا؟"

Alice had a spot of luck

ایلس کے پاس قسمت کی ایک جگہ تھی

the little magic bottle had had its full effect

چھوٹی سی جادو کی بوتل نے اپنا پورا اثر ڈالا تھا

and Alice grew no larger than she was

اور ایلس اس سے بڑی نہیں ہوئی

After a few minutes she heard a voice outside

چند منٹ کے بعد اسے باہر سے ایک آواز سنائی دی۔

and she stopped to listen to the voice

اور وہ آواز سننے کے لئے رک گئی

"Mary Ann! Mary Ann!" said the voice

"مریم این !مریم این "!آواز نے کہا

"Fetch me my gloves this moment!"

"اس لمحے میرے دستانے لے آؤ"!

Then came a little pattering of feet on the stairs

اس کے بعد سیڑھیوں پر پاؤں کی ہلکی سی دھڑکن آئی۔

Alice knew it was the rabbit coming to look for her

ایلس جانتی تھی کہ یہ خرگوش ہے جو اسے تلاش کرنے آ رہا ہے

and she trembled till she shook the house

اور وہ اس وقت تک کانپتی رہی جب تک کہ اس نے گھر کو ہلا نہ دیا۔

she quite forgot what her proportions were

وہ بالکل بھول گئی کہ اس کا تناسب کیا تھا

she was a thousand times as large as the rabbit

وہ خرگوش سے ہزار گنا بڑی تھی

and she had no reason to be afraid of a rabbit

اور اس کے پاس خرگوش سے ڈرنے کی کوئی وجہ نہیں تھی

Presently the rabbit came up to the door

پھر خرگوش دروازے پر آیا

and the little rabbit tried to open the door

اور ننھے خرگوش نے دروازہ کھولنے کی کوشش کی

the door started to open inwards

دروازہ اندر کی طرف کھلنے لگا

but Alice's elbow was pressed hard against the door

لیکن ایلس کی کہنی کو دروازے پر زور سے دبایا گیا تھا۔

that attempt proved a failure

یہ کوشش ناکام ثابت ہوئی

Alice heard the rabbit speak to himself

ایلس نے خرگوش کو خود سے بات کرتے سنا

"Then I'll go around and get in through the window"

"پھر میں ادھر ادھر جاؤں گا اور کھڑکی سے اندر آؤں گا۔"

"That you won't!" thought Alice

"تم ایسا نہیں کرو گے" ایلس نے سوچا۔

and she waited a little again

اور اس نے پھر تھوڑا سا انتظار کیا

soon she heard the rabbit just under the window

جلد ہی اس نے کھڑکی کے نیچے خرگوش کی آواز سنی۔

she suddenly spread out her hand

اس نے اچانک اپنا ہاتھ پھیلایا

and she made a snatch in the air

اور اس نے ہوا میں چھین لیا

She did not get hold of anything

اس نے کچھ بھی نہیں پکڑا

but she heard a little shriek and a fall

لیکن اس نے تھوڑی سی چیخ اور گرنے کی آواز سنی۔

and she heard a crash of broken glass

اور اس نے ٹوٹے ہوئے شیشے کے گرنے کی آواز سنی

perhaps the rabbit had fallen

شاید خرگوش گر گیا تھا

maybe he was in a green-house

شاید وہ کسی گرین ہاؤس میں تھا

Next came an angry voice; the rabbit's voice

اس کے بعد ایک غصے کی آواز آئی۔ خرگوش کی آواز

"Pat, where are you?"

"پیٹ، تم کہاں ہو؟"

And then came a voice she had never heard before

اور پھر ایک آواز آئی جو اس نے پہلے کبھی نہیں سنی تھی

"your honour, I'm here!"

"عزت ہے، میں یہاں ہوں"!

"I'm digging for apples"

"میں سیب کے لیے کھدائی کر رہا ہوں"

"Here! Come and help me out of this!"

"یہاں !آؤ اور اس سے میری مدد کرو"!

"Now tell me, Pat, what's that in the window?"

"اب مجھے بتاؤ پیٹ، کھڑکی میں یہ کیا ہے؟"

"Sure, your honour, I will tell you"

"ہاں، آپ کی عزت، میں آپ کو بتاؤں گا۔"

"it's an arm that's in the window!"

"یہ ایک بازو ہے جو کھڑکی میں ہے"!

"Well, an arm has no business there"

"ٹھیک ہے، ایک بازو کا وہاں کوئی کاروبار نہیں ہے"

"go and take the arm away!"

"جاؤ اور بازو ہٹا لو"!

There was a long silence after this

اس کے بعد ایک لمبی خاموشی چھا گئی۔

and Alice could only hear whispers now and then

اور ایلس صرف سرگوشیاں سن سکتی تھی۔

and at last she spread out her hand again

اور آخر کار اس نے دوبارہ اپنا ہاتھ پھیلایا

and she made another snatch in the air

اور اس نے ہوا میں ایک اور چھین لیا

This time there were two little shrieks

اس بار دو چھوٹی چھوٹی چیخیں آئیں۔

and there was more sounds of broken glass

اور ٹوٹے ہوئے شیشے کی مزید آوازیں آ رہی تھیں۔

"I wonder what they'll do next!" thought Alice

"میں حیران ہوں کہ وہ آگے کیا کریں گے "ایلس نے سوچا۔

"I wish they would pull me out the window"

"کاش وہ مجھے کھڑکی سے باہر کھینچ لیتے "

She waited for some time

اس نے کچھ دیر انتظار کیا

but for a while she didn't hear anything more

لیکن تھوڑی دیر کے لئے اس نے مزید کچھ نہیں سنا

At last came a rumbling of little wheels

آخر کار چھوٹے پہیوں کی گونج آئی۔

and there came the sound of a good many voices

اور وہاں بہت سی آوازوں کی آواز آئی

all the voices were talking together

تمام آوازیں ایک ساتھ بات کر رہی تھیں

She could make out some of the words

وہ کچھ الفاظ نکال سکتی تھی

"Where's the other ladder?"

"دوسری سیڑھی کہاں ہے؟"

"Bill's got the other ladder"

"بل کے پاس دوسری سیڑھی ہے "

"Bill, come here!"

"بل، یہاں آؤ"!

"Will the roof bear the load?"

"کیا چھت بوجھ برداشت کرے گی؟"

"Who wants to go down the chimney?"

"کون چمنی سے نیچے جانا چاہتا ہے؟"

"Nay, I shall not! You do it!"

"نہیں، میں نہیں کروں گا !تم یہ کرو"!

"Here, Bill!"

"یہاں، بل"!

"The master says you've got to go down the chimney!"

"مالک کہتا ہے کہ تمہیں چمنی سے نیچے اترنا ہے"!

Alice drew her foot as far down the chimney as she could

ایلس نے اپنا پاؤں چمنی سے جتنا ہو سکے نیچے کھینچ لیا

and then she waited to see what was coming

اور پھر وہ انتظار کر رہی تھی کہ کیا ہو رہا ہے

she heard a little animal scratching and scrambling

اس نے ایک چھوٹے سے جانور کو کھرچتے اور تڑپتے ہوئے سنا

the little animal must be in the chimney

چھوٹے جانور کو چمنی میں ہونا چاہئے

then she gave one sharp kick

پھر اس نے ایک تیز لات ماری

and she waited to see what would happen next

اور وہ انتظار کر رہی تھی کہ آگے کیا ہوگا

she heard a general chorus of voices

اس نے آوازوں کا ایک عام مجموعہ سنا

"There goes Bill!" they all said

"بل آتا ہے!" سب نے کہا۔

then she heard the rabbit's voice alone

پھر اس نے خرگوش کی آواز اکیلے سنی

"You by the hedge, catch him!"

"تم اسے پکڑ لو"!

there was another moment of silence

ایک اور لمحے کی خاموشی چھا گئی

and then there was another confusion of voices

اور پھر آوازوں کی ایک اور الجھن پیدا ہو گئی۔

"Hold up his head, Brandy"

"اپنا سر اٹھا لو، برانڈی"

"be careful not to choke him"

"محتاط رہو کہ اس کا گلا نہ گھونٹیں"

"What happened to you?"

"تمہیں کیا ہو گیا ہے؟"

Last came a little feeble, squeaking voice

آخری بار ایک ہلکی سی کمزور، چیخنے والی آواز آئی

"Well, I hardly know no more"

"ٹھیک ہے، میں شاید ہی اب کچھ نہیں جانتا"

"thank you all, I'm better now"

"آپ سب کا شکریہ، میں اب بہتر ہوں"

"there is one thing I can remember"

"ایک بات مجھے یاد ہے"

"something comes at me like a train in a tunnel"

"سرنگ میں ٹرین کی طرح کوئی چیز مجھ پر آتی ہے"

"and up I fly like a sky-rocket!"

"اور میں آسمان ی راکٹ کی طرح پرواز کرتا ہوں"!

there was a minute or two of silence

وہاں ایک یا دو منٹ کی خاموشی تھی۔

and then they began moving about again

اور پھر انہوں نے دوبارہ گھومنا شروع کر دیا

and Alice heard the Rabbit speak again

اور ایلس نے خرگوش کو دوبارہ بولتے ہوئے سنا

"A barrowful will do, to begin with"

"شروع کرنے کے لئے، ایک بیروول کام کرے گا"

"A barrowful of what?" thought Alice

"کیا بات ہے؟ "ایلس نے سوچا۔

But she was not kept in suspense for long

لیکن اسے زیادہ دیر تک شکوک و شبہات میں نہیں رکھا گیا۔

a shower of little pebbles came through the window

کھڑکی سے ننھی کنکریوں کی بارش آئی۔

and some of the little pebbles hit her in the face

اور کچھ چھوٹی چھوٹی کنکریاں اس کے چہرے پر لگی تھیں۔

Alice was surprised about the little pebbles

ایلس چھوٹی چھوٹی کنکریوں کے بارے میں حیران تھی

all the little pebbles were turning into cakes

تمام چھوٹی چھوٹی کنکریاں کیک میں تبدیل ہو رہی تھیں

and a bright idea came into her head

اور اس کے ذہن میں ایک روشن خیال آیا۔

"I should eat one of these cakes"

"مجھے ان میں سے ایک کیک کھانا چاہئے"

"cake is sure to make some change in my size"

"کیک یقینی طور پر میرے سائز میں کچھ تبدیلی کرے گا"

So she swallowed one of the cakes

تو اس نے ایک کیک نگل لیا

and she was delighted to find that she began shrinking

اور اسے یہ جان کر خوشی ہوئی کہ وہ سکڑنے لگی

soon she was small enough to get through the door

جلد ہی وہ دروازے سے داخل ہونے کے لئے کافی چھوٹی تھی

she ran out of the house

وہ گھر سے بھاگ گئی

a crowd of little animals and birds were waiting outside

چھوٹے جانوروں اور پرندوں کا ایک ہجوم باہر انتظار کر رہا تھا

all the little birds and animals rushed at Alice

تمام ننھے پرندے اور جانور ایلس کی طرف دوڑ پڑے۔

but she ran off as fast as she could

لیکن وہ جتنی جلدی ہو سکے بھاگ گئی۔

and soon she found herself safe in a thick wood

اور جلد ہی اس نے خود کو ایک موٹی لکڑی میں محفوظ پایا

Alice wandered about in the woods

ایلس جنگل میں گھومتی رہی

and she thought to herself:

اور اس نے اپنے آپ کو سوچا:

"I know what I have to do first"

"میں جانتا ہوں کہ مجھے پہلے کیا کرنا ہے"

"first I have to grow to my right size again"

"سب سے پہلے مجھے دوبارہ اپنے صحیح سائز میں بڑھنا ہوگا"

"and then I have to find my way into that lovely garden"

"اور پھر مجھے اس خوبصورت باغ میں اپنا راستہ تلاش کرنا ہے"

"I suppose I ought to eat or drink something or other"

"مجھے لگتا ہے کہ مجھے کچھ نہ کچھ کھانا یا پینا چاہئے"

"but the question is what should I eat or drink?"

"لیکن سوال یہ ہے کہ مجھے کیا کھانا چاہیے اور کیا پینا چاہیے؟"

Alice looked all around her at the flowers

ایلس نے اپنے چاروں طرف پھولوں کی طرف دیکھا

and she looked through the blades of grass

اور اس نے گھاس کے بلیڈوں میں سے دیکھا

but she could not see anything to eat or drink

لیکن اسے کھانے پینے کے لئے کچھ نظر نہیں آرہا تھا

nothing looked like the right thing to eat or drink

کچھ بھی کھانے یا پینے کے لئے صحیح چیز کی طرح نہیں لگ رہا تھا

There was a large mushroom growing near her

اس کے قریب ایک بڑا مشروم اگ رہا تھا

the mushroom was about the same height as Alice

مشروم کی اونچائی ایلس کے برابر تھی۔

She stretched herself up on tiptoes

اس نے اپنے آپ کو ٹانگوں پر پھیلا یا

and she peeped over the edge of the mushroom

اور اس نے مشروم کے کنارے پر جھانک کر دیکھا

her eyes immediately met the eyes of a large blue caterpillar

اس کی آنکھیں فوری طور پر نیلے رنگ کے ایک بڑے کیٹرپلر کی آنکھوں سے ملیں۔

the caterpillar was sitting on the top of the mushroom

کیٹرپلر مشروم کے اوپر بیٹھا ہوا تھا

and the caterpillar had crossed all his arms

اور کیٹرپلر نے اپنے تمام بازو وؤں کو پار کر لیا تھا

and he was quietly smoking a long hookah

اور وہ خاموشی سے ایک لمبا ہکا پی رہا تھا

and he took not the smallest notice of anything

اور اس نے کسی بھی چیز کا چھوٹا سا نوٹس نہیں لیا

and he certainly didn't pay attention to Alice

اور اس نے یقینی طور پر ایلس پر توجہ نہیں دی

Advice from a caterpillar
کیٹرپیلر سے مشورہ

At last the caterpillar took the hookah out of its mouth
آخر کار کیٹرپلر نے اپنے منہ سے ہکا نکال لیا

and he addressed Alice in a languid, sleepy voice
اور اس نے ایلس کو دھیمی اور نیند بھری آواز میں مخاطب کیا۔

"Who are you?" said the caterpillar
"تم کون ہو؟" "کیٹرپلر نے پوچھا۔

Alice replied, rather shyly, "I hardly know, sir"
ایلس نے شرم سے جواب دیا،" میں شاید ہی جانتا ہوں، جناب"

"just at the moment it's all a bit..."
"بس اس وقت یہ سب کچھ تھوڑا سا ہے "...

"I know who I was when I got up this morning""
"میں جانتا ہوں کہ جب میں صبح اٹھا تو میں کون تھا"

"but I think I must have changed several times since then"
"لیکن مجھے لگتا ہے کہ اس کے بعد سے میں کئی بار بدل چکا ہوں گا۔

"What do you mean by that?" said the caterpillar
"اس سے آپ کا کیا مطلب ہے؟ "کیٹرپلر نے کہا۔

sternly the caterpillar asked her to explain herself
سختی سے کیٹرپلر نے اسے اپنی وضاحت کرنے کے لئے کہا

"I can't explain myself, I'm afraid, sir," said Alice

"میں اپنے آپ کو بیان نہیں کر سکتی، مجھے ڈر ہے، سر، "ایلس نے کہا.

"because I'm not myself"

"کیونکہ میں خود نہیں ہوں"

"you see, being so many different sizes in a day is very confusing"

"آپ دیکھتے ہیں، ایک دن میں اتنے مختلف سائز ہونا بہت الجھن ہے"

She pulled herself up and said very gravely:

اس نے اپنے آپ کو اوپر اٹھایا اور بہت سنجیدگی سے کہا:

"I think you ought to tell me who you are, first"

"مجھے لگتا ہے کہ آپ کو پہلے مجھے بتانا چاہئے کہ آپ کون ہیں"

"Why?" said the caterpillar

"کیوں؟ "کیٹرپلر نے کہا۔

Alice could not think of any good reason

ایلس کوئی اچھی وجہ نہیں سوچ سکتی تھی

and the caterpillar seemed to be in a very unpleasant state of mind

اور کیٹرپلر بہت ناگوار ذہنی حالت میں لگ رہا تھا

so she turned away

اس لیے وہ منہ موڑ لیا

"Come back!" the caterpillar called after her

"واپس آؤ "!کیٹرپلر نے اس کے پیچھے پکارا۔

"I've something important to say!"

"مجھے کچھ اہم کہنا ہے"!

Alice turned and came back again

ایلس مڑ گئی اور دوبارہ واپس آ گئی

"Keep your temper," said the caterpillar

"اپنا غصہ رکھو، "کیٹرپلر نے کہا۔

"Is that all?" said Alice

"بس اتنا ہی ہے؟ "ایلس نے کہا۔

and she swallowed her anger as well as she could

اور اس نے اپنا غصہ جتنا ہو سکے نگل لیا۔

"No," said the caterpillar

"نہیں۔ "کیٹرپلر نے کہا۔

the caterpillar unfolded its arms

کیٹرپلر نے اپنے بازو کھول ے

and he took the hookah out of his mouth again

اور اس نے دوبارہ اپنے منہ سے ہکا نکال لیا۔

and he said, "So you think you're changed, do you?"

اور اس نے کہا،" تو آپ کو لگتا ہے کہ آپ تبدیل ہو گئے ہیں، ہے نا؟"

"I'm afraid, I am changed, sir," said Alice

"مجھے ڈر لگتا ہے، میں بدل گئی ہوں، سر، "ایلس نے کہا۔

"I can't remember things as I used to remember them"

"مجھے چیزیں یاد نہیں ہیں جیسا کہ میں انہیں یاد کرتا تھا"

"and I don't stay the same size for more than ten minutes!"

"اور میں دس منٹ سے زیادہ ایک ہی سائز میں نہیں رہتا"!

"What size do you want to be?" asked the caterpillar

"تم کس سائز کا بننا چاہتے ہو؟ "کیٹرپلر نے پوچھا۔

"Oh, I don't particularly mind what size I am," Alice hastily replied

"اوہ، مجھے اس سے کوئی فرق نہیں پڑتا کہ میں کس سائز کا ہوں، "
ایلس نے جلدی سے جواب دیا۔

"I just don't like changing size so often, you know"

"مجھے اکثر سائز تبدیل کرنا پسند نہیں ہے، آپ جانتے ہیں"

"I would like to be a little larger, sir"

"میں تھوڑا بڑا ہونا چاہوں گا جناب"

"if you wouldn't mind," added Alice

"اگر آپ کو کوئی اعتراض نہیں ہوگا، "ایلس نے مزید کہا

"Ten centimetres is such a wretched height to be"

"دس سینٹی میٹر کی اونچائی اتنی خراب ہے "

"It is a very good height indeed!" said the caterpillar angrily

"یہ واقعی بہت اچھی اونچائی ہے "!کیٹرپلر نے غصے سے کہا۔

and he reared itself upright as he spoke

اور بولتے ہوئے اس نے اپنے آپ کو سیدھا اٹھا لیا

he was exactly ten centimetres high

وہ بالکل دس سینٹی میٹر اونچا تھا

In a minute or two, the caterpillar got down off the mushroom

ایک یا دو منٹ میں، کیٹرپلر مشروم سے نیچے اتر گیا

and he crawled away into the grass

اور وہ گھاس میں رینگ کر چلا گیا

as he went away, he made some little remarks

جاتے ہوئے اس نے کچھ چھوٹی چھوٹی باتیں کیں۔

"One side will make you grow taller"

"ایک طرف آپ کو لمبا کر دے گا"

"and the other side will make you grow shorter"

"اور دوسرا رخ آپ کو چھوٹا کر دے گا"

"One side of what?" thought Alice to herself

"کس چیز کا ایک رخ؟ "ایلس نے خود سے سوچا۔

"The other side of what?"

"دوسری طرف کیا ہے؟"

"the side of the mushroom," said the caterpillar

"مشروم کا ایک طرف، "کیٹرپلر نے کہا۔

it was as if she had asked her question aloud

ایسا لگتا تھا جیسے اس نے اپنا سوال اونچی آواز میں پوچھا ہو۔

and in another moment, he was out of sight

اور ایک اور لمحے میں وہ نظروں سے اوجھل ہو گیا۔

Alice remained looking thoughtfully at the mushroom

ایلس سوچ سمجھ کر مشروم کی طرف دیکھتی رہی

she was trying to make out which were the two sides of the mushroom

وہ یہ جاننے کی کوشش کر رہی تھی کہ مشروم کے دو رخ کون سے تھے۔

At last she stretched her arms around the mushroom

آخر کار اس نے مشروم کے گرد اپنے بازو پھیلائے۔

and she broke off a bit of the edges

اور اس نے کناروں کا تھوڑا سا حصہ توڑ دیا

"And now, which side is which?" she said to herself

"اور اب کون سی طرف ہے ؟ "اس نے خود سے کہا۔

and she nibbled a little of the right-hand bit

اور اس نے دائیں ہاتھ کے ٹکڑے میں سے تھوڑا سا جھٹکا دیا۔

The next moment she felt a violent blow underneath her chin

اگلے ہی لمحے اس نے اپنی ٹھوڑی کے نیچے ایک پرتشدد جھٹکا محسوس کیا۔

her chin had struck her foot!

اس کی ٹھوڑی اس کے پاؤں سے ٹکرائی تھی!

She was a good deal frightened by this very sudden change

وہ اس اچانک تبدیلی سے بہت خوفزدہ تھی

she was shrinking very rapidly

وہ بہت تیزی سے سکڑ رہا تھا

so she quickly ate some of the other bit of mushroom

لہذا اس نے جلدی سے مشروم کا کچھ دوسرا ٹکڑا کھا لیا۔

Her chin was pressed very closely against her foot

اس کی ٹھوڑی اس کے پاؤں پر بہت قریب سے دبی ہوئی تھی۔

there was hardly room to open her mouth

اس کا منہ کھولنے کے لئے شاید ہی جگہ تھی

but she did at last manage to open her mouth

لیکن آخر کار وہ اپنا منہ کھولنے میں کامیاب ہو گئی۔

and she swallowed a morsel of the left-hand bit

اور اس نے بائیں ہاتھ کے ٹکڑے کا ایک ٹکڑا نگل لیا۔

"my head's been freed at last!" said Alice

"آخر کار میرا سر آزاد ہو گیا ہے "!ایلس نے کہا۔

she looked down at herself

اس نے اپنے آپ کو نیچے دیکھا

but all she could see was an immense length of neck

لیکن وہ صرف گردن کی ایک بہت بڑی لمبائی دیکھ سکتی تھی۔

her neck seemed to rise like a stalk

اس کی گردن ایک ڈنڈے کی طرح اٹھی رہی تھی

and she looked down over a sea of green leaves

اور اس نے سبز پتوں کے سمندر پر نظر ڈالی۔

"Where have my shoulders gotten to?"

"میرے کندھے کہاں پہنچ گئے ہیں؟"

"And oh, my poor hands, how is it I can't see you?"

"اور اوہ، میرے بیچارے ہاتھ، میں تمہیں کیسے نہیں دیکھ سکتا؟"

but her neck did have one benefit

لیکن اس کی گردن کا ایک فائدہ تھا

she could move her head in any direction

وہ اپنا سر کسی بھی سمت میں ہلا سکتی ہے

in fact, she was just like a serpent

درحقیقت، وہ بالکل سانپ کی طرح تھا

she gracefully zigzagged her head down

اس نے بڑی خوبصورتی سے اپنا سر جھکا لیا

and she moved her head through the trees

اور اس نے درختوں میں سے اپنا سر ہلایا

but then she heard a sharp hiss

لیکن پھر اس نے ایک تیز آواز سنی

and she quickly pulled her head back

اور اس نے جلدی سے اپنا سر پیچھے کھینچ لیا

a large pigeon had flown into her face

ایک بڑا کبوتر اس کے چہرے پر اڑ گیا تھا

and the pigeon was violently with its wings

اور کبوتر اپنے پروں کے ساتھ زور زور سے تھا

"Serpent!" cried the pigeon

"سانپ"!اکبوتر نے چیخ کر کہا۔

"I'm not a serpent!" said Alice indignantly

"میں سانپ نہیں ہوں"!ایلس نے غصے سے کہا۔

"Leave me alone!"

"مجھے اکیلا چھوڑ دو"!

"I've tried the roots of trees"

"میں نے درختوں کی جڑیں آزمائی ہیں"

"and I've tried hedges," the pigeon went on

"اور میں نے ہیج لگانے کی کوشش کی ہے ، "کبوتر نے آگے بڑھایا۔

"but those serpents! There's no pleasing them!"

"لیکن وہ سانپ !انہیں خوش کرنے کی کوئی بات نہیں ہے"!

Alice was more and more puzzled

ایلس زیادہ سے زیادہ حیران تھی

"As if it wasn't trouble enough hatching the eggs," said the pigeon

کبوتر نے کہا،" جیسے انڈے اگانے میں کافی پریشانی نہ ہو۔

"by night and day I must look out for serpents too!"

"رات اور دن مجھے سانپوں کی بھی تلاش کرنی پڑتی ہے"!

"I had just found the highest tree in the forest"

"مجھے ابھی جنگل میں سب سے اونچا درخت ملا تھا"

"surely I'd be free from serpents here?"

"کیا میں یہاں سانپوں سے آزاد ہو جاؤں گا؟"

"and out comes a serpent from the sky!"

"اور آسمان سے ایک سانپ نکلتا ہے"!

"But I'm not a serpent, I tell you!" said Alice

"لیکن میں سانپ نہیں ہوں، میں تمہیں بتاتی ہوں !"ایلس نے کہا۔

"I'm a... I'm a... I'm a little girl," she added rather doubtfully

"میں ایک ہوں ...میں ایک ہوں ... میں ایک چھوٹی سی لڑکی ہوں، "اس نے شک سے کہا۔

she had after all been going through a lot of changes

آخر کار وہ بہت سی تبدیلیوں سے گزر رہی تھی

"You're looking for eggs," said the pigeon

"تم انڈے ڈھونڈ رہے ہو۔ "کبوتر نے کہا۔

"I know that for a fact"

"میں یہ ایک حقیقت کے لئے جانتا ہوں"

"and what does it matter if you're a little girl or a serpent?"

"اور اس سے کیا فرق پڑتا ہے کہ تم چھوٹی لڑکی ہو یا سانپ؟"

"It matters a good deal to me," said Alice hastily

"یہ میرے لئے ایک اچھا معاہدہ ہے ، "ایلس نے جلدی سے کہا

"but I'm not looking for eggs, as it happens"

"لیکن میں انڈوں کی تلاش میں نہیں ہوں، جیسا کہ ہوتا ہے "

"and I wouldn't want your eggs anyway"

"اور میں ویسے بھی آپ کے انڈے نہیں چاہتا"

"I don't like my eggs raw"

"مجھے اپنے انڈے کچے پسند نہیں ہیں"

"Well, be off then!" said the pigeon in a sulky tone

"ٹھیک ہے، پھر چلے جاؤ "!اکبوتر نے مضحکہ خیز لہجے میں کہا۔

and the pigeon settled down again into its nest

اور کبوتر دوبارہ اپنے گھونسلے میں بس گیا۔

Alice crouched down among the trees as well as she could

ایلس درختوں کے درمیان اتنی ہی جھک گئی جتنی وہ کر سکتی تھی

her neck kept getting entangled among the branches

اس کی گردن شاخوں کے درمیان الجھتی رہی

every now and then she had to stop and untwist her neck

ہر بار اسے رکنا پڑتا تھا اور اپنی گردن اتارنی پڑتی تھی۔

After awhile she remembered the mushroom

تھوڑی دیر کے بعد اسے مشروم یاد آیا

she still held the pieces of mushroom in her hands

وہ اب بھی مشروم کے ٹکڑوں کو اپنے ہاتھوں میں تھامے ہوئے تھی

and she set to work very carefully

اور اس نے بہت احتیاط سے کام کرنے کا فیصلہ کیا

first she nibbled at one piece

سب سے پہلے وہ ایک ٹکڑے پر جھک گئی

and then she nibbled at the other piece

اور پھر اس نے دوسرے ٹکڑے پر ہاتھ پھیرا۔

sometimes she grew taller

کبھی کبھی وہ لمبا ہو جاتا ہے

and sometimes she grew shorter

اور کبھی کبھی وہ چھوٹا ہو جاتا ہے

but finally she achieved her usual height

لیکن آخر کار اس نے اپنا معمول کا قد حاصل کر لیا

she hadn't been her own height for some time

وہ کچھ عرصے سے اپنا قد نہیں تھا

so everything felt strange for a while

تو کچھ دیر کے لئے سب کچھ عجیب محسوس ہوا

"The next thing to do is to get into that beautiful garden"

"اگلی چیز اس خوبصورت باغ میں داخل ہونا ہے"

"how is that to be done, I wonder?"

"یہ کیسے کیا جائے، مجھے حیرت ہے؟"

As she said this, she came upon an open place

یہ کہتے ہی وہ ایک کھلی جگہ پر آ گئی۔

there was a little house, a bit higher than a metre

ایک چھوٹا سا گھر تھا، جو ایک میٹر سے تھوڑا سا اونچا تھا۔

"I wonder who lives in this little house"

"مجھے حیرت ہے کہ اس چھوٹے سے گھر میں کون رہتا ہے"

"I certainly can't go in as big as I am"

"میں یقینی طور پر اتنا بڑا جا سکتا نہیں جتنا میں ہوں"

"I would frighten them terribly!"

"میں انہیں بہت ڈرا دوں گا"!

so she nibbled at the little mushroom again

اس لیے وہ ایک بار پھر ننھے مشروم کو دیکھ کر ہنسنے لگی۔

and soon she brought herself down thirty centimetres

اور جلد ہی اس نے اپنے آپ کو تیس سینٹی میٹر نیچے لا لیا۔

A pig and some pepper
ایک اور کچھ کالی مرچ

For a minute or two she stood looking at the house
ایک یا دو منٹ تک وہ گھر کی طرف دیکھتی رہی۔

suddenly a footman came running out of the woods
اچانک ایک پیدل چلنے والا جنگل سے بھاگتا ہوا آیا۔

he was wearing a special livery uniform
اس نے ایک خاص لیوری یونیفارم پہنا ہوا تھا

judging by his face only, she would have called him a fish
صرف اس کے چہرے کو دیکھتے ہوئے، وہ اسے مچھلی کہتی۔

and he rapped loudly at the door with his knuckles
اور اس نے زور زور سے دروازے پر اپنی انگلیوں سے ہاتھ پھیرا۔

the door was opened by another footman
دروازہ ایک اور پیدل آدمی نے کھولا

this footman too was wearing a special livery
اس پیدل آدمی نے بھی ایک خاص لباس پہنا ہوا تھا

this footman had a round face and large eyes like a frog
اس پیدل آدمی کا چہرہ گول تھا اور مینڈک کی طرح بڑی آنکھیں تھیں۔

The footman that looked like a fish initiated the ceremony

مچھلی کی طرح نظر آنے والے فٹ مین نے تقریب کا آغاز کیا

he pulled out something from under his arm

اس نے اپنے بازو کے نیچے سے کچھ نکالا

and he pulled out from under his arm an envelope

اور اس نے اپنے بازو کے نیچے سے ایک لفافہ نکالا۔

and this envelope he handed over to the other footman

اور یہ لفافہ اس نے دوسرے پیدل آدمی کے حوالے کر دیا۔

in a ceremonious tone he told him the orders

رسمی لہجے میں اس نے اسے احکامات سے آگاہ کیا۔

"This message is for the Duchess"

"یہ پیغام ڈچز کے لئے ہے"

"An invitation from the queen to play croquet"

"ملکہ کی طرف سے کروکیٹ کھیلنے کی دعوت"

The footman that looked like a frog repeated the order

مینڈک کی طرح نظر آنے والے فٹ مین نے حکم دہرایا

"from the queen"

"ملکہ کی طرف سے"

"an invitation"

"ایک دعوت"

"for the Duchess"

"ڈچز کے لئے"

"playing croquet"

"کروکیٹ کھیلنا"

Then they both bowed low

پھر وہ دونوں جھک گئے۔

and the curls in their wigs got entangled together

اور ان کی وگوں میں موجود کرل ایک دوسرے میں الجھ گئے۔

soon the footman that looked like a fish was gone

جلد ہی مچھلی کی طرح نظر آنے والا پیدل آدمی چلا گیا

but the footman that looked like a frog was still there

لیکن وہ پیدل آدمی جو مینڈک کی طرح لگ رہا تھا اب بھی وہیں تھا

he was sitting on the ground near the door

وہ دروازے کے قریب زمین پر بیٹھا تھا

he was staring stupidly up into the sky

وہ احمقانہ انداز میں آسمان کی طرف دیکھ رہا تھا

Alice went timidly up to the door and knocked

ایلس ڈرتے ہوئے دروازے کی طرف بڑھی اور دستک دی۔

"There's no use in knocking," said the footman

"دستک دینے کا کوئی فائدہ نہیں ہے، "فٹ مین نے کہا۔

"and that is for two reasons"

"اور اس کی دو وجوہات ہیں"

"First, because I'm on the same side of the door as you are"

"سب سے پہلے، کیونکہ میں دروازے کے ایک ہی طرف ہوں جیسا کہ آپ ہیں"

"secondly, because they're making so much noise inside"

"دوسری وجہ یہ ہے کہ وہ اندر سے بہت شور مچا رہے ہیں"

"no one could possibly hear you"

"شاید کوئی آپ کو سن نہیں سکتا"

And there certainly was a most extraordinary noise going on within

اور یقینی طور پر اندر ایک انتہائی غیر معمولی شور چل رہا تھا۔

a constant howling and sneezing

مسلسل چیخنا اور چھینکنا

and every now and then a sound of great crashing

اور ہر بار بڑے حادثے کی آواز آتی رہتی ہے۔

as if a dish or kettle had been broken to pieces

گویا کوئی ڈش یا کیتلی ٹوٹ کر ٹکڑے ٹکڑے ہو گئی ہو۔

"How am I to get in?" asked Alice

"میں اندر کیسے جاؤں؟ "ایلس نے پوچھا۔

"Should you get in at all?" said the footman

"کیا آپ کو اندر جانا چاہیے؟ "پیدل چلنے والے نے کہا۔

"That's the first question, you know"

"یہ پہلا سوال ہے، آپ جانتے ہیں"

Alice opened the door and went in

ایلس نے دروازہ کھولا اور اندر چلی گئی

The door led right into a large kitchen

دروازہ سیدھا ایک بڑے باورچی خانے کی طرف جاتا ہے

the kitchen was full of smoke from one end to the other

باورچی خانہ ایک سرے سے دوسرے سرے تک دھوئیں سے بھرا ہوا تھا

in the middle of the kitchen was the Duchess

باورچی خانے کے وسط میں ڈچز تھیں۔

she was sitting on a three-legged stool

وہ تین ٹانگوں والے سٹول پر بیٹھی تھی

and she was nursing a baby

اور وہ ایک بچے کو دودھ پلا رہی تھی

the cook was leaning over the fire

باورچی آگ کے اوپر جھکا ہوا تھا

he was stirring a large caldron

وہ ایک بڑے کیلڈرون کو ہلا رہا تھا

and the caldron seemed to be full of soup

اور کیلڈرن سوپ سے بھرا ہوا لگ رہا تھا

"There's certainly too much pepper in that soup!" Alice said to herself

"اس سوپ میں یقیناً بہت زیادہ کالی مرچ ہے!" ایلس نے اپنے آپ سے کہا

she said it as best she could without sneezing

اس نے چھینک کے بغیر یہ سب سے بہتر کہا

Even the Duchess sneezed occasionally

یہاں تک کہ ڈچز کو بھی کبھی کبھار چھینک آتی تھی

but the baby's actions were the most noteworthy

لیکن بچے کے اعمال سب سے زیادہ قابلِ ذکر تھے

the baby was sneezing and howling alternately

بچہ باری باری سے چھینک رہا تھا اور چیخ رہا تھا

there was not a moment's pause between howling and sneezing

چیخنے اور چھینکنے کے درمیان ایک لمحے کا بھی وقفہ نہیں تھا۔

There were two creatures in the kitchen that did not sneeze

باورچی خانے میں دو جانور تھے جنہیں چھینک نہیں آئی

the cook was too busy to sneeze

باورچی چھینکنے میں اتنا مصروف تھا

and the large cat did not seem to mind the pepper

اور بڑی بلی کو کالی مرچ پر کوئی اعتراض نہیں تھا

instead, the large cat was grinning from ear to ear

اس کے بجائے، بڑی بلی کان سے کان تک مسکرا رہی تھی

"Please would you tell me," said Alice, a little timidly

"براہ مہربانی آپ مجھے بتائیں گے؟" ایلس نے تھوڑا سا ڈرتے ہوئے

کہا۔
"why is your cat grinning like that?"
"تمہاری بلی اس طرح کیوں ہنس رہی ہے؟"
"It's a Cheshire-Cat," said the Duchess
"یہ چیشائر بلی ہے، "ڈچز نے کہا
"and that's why he's grinning from ear to ear"
"اور یہی وجہ ہے کہ وہ کان سے کان تک مسکرا رہا ہے"
"I didn't know that a Cheshire-Cat always grinned"
"مجھے نہیں معلوم تھا کہ چیشائر بلی ہمیشہ مسکراتی ہے"
"in fact, I didn't know that cats could grin," said Alice
ایلس نے کہا،" درحقیقت، میں نہیں جانتی تھی کہ بلیاں مسکرا سکتی ہیں۔
"there is much you don't know," said the Duchess
ڈچز نے کہا ،" بہت کچھ ہے جو آپ نہیں جانتے ہیں۔
"there is much you don't know and that's a fact"
"بہت کچھ ہے جو آپ نہیں جانتے ہیں اور یہ ایک حقیقت ہے "
Just then the cook took the caldron of soup off the fire
تبھی باورچی نے سوپ کا کیلڈرن آگ سے اتار دیا
and at once she started throwing everything within her reach
اور فورا ہی اس نے سب کچھ اپنی دسترس میں ڈالنا شروع کر دیا۔
she threw everything she could at the Duchess and the babe
اس نے ڈچز اور بچی پر وہ سب کچھ پھینک دیا جو وہ کر سکتی تھی
first she threw the fire-irons
سب سے پہلے اس نے آگ کا لوہا پھینکا
then she threw a handful of saucepans
پھر اس نے مٹھی بھر چٹنیاں پھینک دیں
and finally she threw the plates and dishes
اور آخر کار اس نے پلیٹیں اور برتن پھینک دیے
The Duchess took no notice of her
ڈچز نے اس کا کوئی نوٹس نہیں لیا
even when she was hit by a plate she did not worry
یہاں تک کہ جب وہ پلیٹ سے ٹکرائی تو بھی اس نے فکر نہیں کی۔
the baby was already howling so much
بچہ پہلے ہی اتنا چیخ رہا تھا
so it was impossible to say whether the blows hurt the baby
or not

لہذا یہ کہنا ناممکن تھا کہ آیا وار بچے کو نقصان پہنچاتے ہیں یا نہیں۔

"Oh, please mind what you're doing!" cried Alice

"اوہ، براہ مہربانی یاد رکھیں کہ آپ کیا کر رہے ہیں !"ایلس نے چیخ کر کہا۔

and she jumped up and down in an agony of terror

اور وہ خوف کی اذیت میں اوپر نیچے کود پڑی

the Duchess offered Alice the baby

ڈچز نے ایلس کو بچے کی پیش کش کی

"Here! You may nurse the baby a bit, if you like!"

"یہاں !اگر آپ چاہیں تو آپ بچے کو تھوڑا سا دودھ پلا سکتے ہیں"!

and she flung the baby at her as she spoke

اور بولتے ہوئے اس نے بچے کو اس کی طرف پھینک دیا

"I must go and get ready to play croquet with the queen"

"مجھے جانا چاہئے اور ملکہ کے ساتھ کروکیٹ کھیلنے کے لئے تیار ہونا چاہئے"

and she hurried out of the room

اور وہ جلدی سے کمرے سے باہر نکل گئی

Alice caught the baby with some difficulty

ایلس نے بچے کو کچھ مشکل سے پکڑ لیا

because it was a very odd-shaped little creature

کیونکہ یہ ایک بہت ہی عجیب شکل کی چھوٹی مخلوق تھی

and the baby held out its arms and legs in all directions

اور بچے نے اپنے ہاتھ اور ٹانگیں چاروں طرف سے پکڑ یں۔

"I better take this child away with me," thought Alice

"بہتر ہے کہ میں اس بچے کو اپنے ساتھ لے جاؤں۔ "ایلس نے سوچا۔

"they're sure to kill this baby in a day or two"

"وہ یقینی طور پر ایک یا دو دن میں اس بچے کو مار دیں گے "

"Wouldn't it be murder to leave this baby behind?"

"کیا اس بچے کو پیچھے چھوڑ دینا قتل نہیں ہوگا؟"

She said the last words out loud

اس نے آخری الفاظ بلند آواز میں کہے

and the little thing grunted in reply

اور چھوٹی سی بات جواب میں گونج اٹھی۔

"you best not turn into a pig, my dear," said Alice

"بہتر ہے کہ تم نہ بن جاؤ، میرے پیارے، "ایلس نے کہا۔

"or else I'll have nothing more to do with you"

"ورنہ مجھے تم سے زیادہ کچھ لینا دینا نہیں ہوگا۔"

Alice was just beginning to think to herself:

ایلس نے ابھی اپنے آپ کو سوچنا شروع کیا تھا:

"Now, what am I to do with this creature, when I get it home?"

"اب، میں اس مخلوق کا کیا کروں، جب میں اسے گھر لاؤں گا؟"

but then the little creature grunted a little violently

لیکن پھر چھوٹی سی مخلوق نے تھوڑا زور سے چیخا۔

and Alice looked down into its face in some alarm

اور ایلس نے کچھ خطرے میں اس کے چہرے کو دیکھا۔

This time there could be no mistake about it

اس بار اس کے بارے میں کوئی غلطی نہیں ہو سکتی ہے

it was neither more nor less than a pig

یہ نہ تو ایک سے زیادہ تھا اور نہ ہی کم

so she set the little creature down

تو اس نے چھوٹی مخلوق کو نیچے اتار دیا

and the little creature trot away quietly into the wood

اور چھوٹی سی مخلوق خاموشی سے لکڑی میں گھس گئی

Alice felt quite relieved to see the creature go

ایلس نے اس مخلوق کو جاتے دیکھ کر کافی راحت محسوس کی

Alice was a little startled by seeing the Cheshire-Cat

ایلس چیشائر بلی کو دیکھ کر تھوڑا سا حیران رہ گئی

it was sitting on a bough of a tree a few yards off

وہ چند گز کی دوری پر ایک درخت کے کنارے بیٹھا ہوا تھا۔

The cat only grinned when it saw her

بلی اسے دیکھ کر صرف مسکرائی

"Cheshire-cat," began Alice, rather timidly

"چیشائر بلی"، ایلس نے ڈرپوک انداز میں شروع کیا۔

"would you please tell me which way I ought to go from here?"

"کیا آپ مجھے بتائیں گے کہ مجھے یہاں سے کس طرف جانا چاہیے؟"

"In that direction," the cat said

"اس سمت میں، "بلی نے کہا۔

and it waved the right paw around

اور اس نے دائیں پنجے کو چاروں طرف لہرایا

"In that direction lives a maker of hats"

"اس سمت میں ٹوپیاں بنانے والا رہتا ہے"

and then the cat waved its other paw

اور پھر بلی نے اپنا دوسرا پنجہ ہلایا

"and in that direction lives a march hare"

"اور اس سمت میں ایک مارچ خرگوش رہتا ہے"

"Visit either you like; they're both mad"

"یا تو آپ چاہیں ملاحظہ کریں۔ وہ دونوں پاگل ہیں"

"But I don't want to go among mad people," Alice remarked

"لیکن میں پاگل لوگوں کے درمیان نہیں جانا چاہتی، "ایلس نے تبصرہ کیا

"Oh, you can't help that," said the Cat

"اوہ، تم اس کی مدد نہیں کر سکتے۔ "بلی نے کہا۔

"we're all mad here"

"ہم سب یہاں پاگل ہیں"

"are you playing croquet with the queen today?"

"کیا تم آج ملکہ کے ساتھ کھیل رہے ہو؟"

"I would like to very much," said Alice

"میں بہت چاہتا ہوں، "ایلس نے کہا۔

"but I haven't been invited yet"

"لیکن مجھے ابھی تک مدعو نہیں کیا گیا ہے "

"You'll see me there," said the Cat

"تم مجھے وہاں دیکھو گے۔ "بلی نے کہا۔

and from one moment to the next the cat vanished

اور ایک لمحے سے دوسرے لمحے تک بلی غائب ہو گئی۔

soon Alice got in sight of the house of the march hare

جلد ہی ایلس نے مارچ خرگوش کے گھر کو دیکھا

this was a very large house

یہ ایک بہت بڑا گھر تھا

so Alice did not want to go near the house

لہٰذا ایلس گھر کے قریب نہیں جانا چاہتی تھی۔

first she had to nibble some more of the left side bit of mushroom

سب سے پہلے اسے مشروم کے بائیں طرف کے کچھ اور ٹکڑے کو دبانا پڑا۔

a mad tea-party

ایک پاگل چائے کی پارٹی

In front of the house there was a tree

گھر کے سامنے ایک درخت تھا

and under the tree there was a table

اور درخت کے نیچے ایک میز تھی

and the table was set with all sorts of cutlery

اور میز کو ہر طرح کی کٹلری کے ساتھ سیٹ کیا گیا تھا۔

the march hare and the hat maker were at the table

مارچ خرگوش اور ٹوپی بنانے والا میز پر تھے

and together they were having tea

اور وہ ایک ساتھ چائے پی رہے تھے

a dormouse was sitting between them

ان کے درمیان ایک ڈورماؤس بیٹھا تھا۔

and the dormouse was fast asleep

اور ڈورماؤس گہری نیند میں تھا

The table was of extraordinary size

میز غیر معمولی سائز کی تھی

but most of the table was unoccupied

لیکن میز کا زیادہ تر حصہ خالی تھا

they sat crowded together at one corner of the table

وہ میز کے ایک کونے پر ایک ساتھ بیٹھ گئے۔

and yet they made excuses when they saw Alice

اور پھر بھی جب انہوں نے ایلس کو دیکھا تو عذر پیش کیے۔

"No room! No room!" they cried out

"کوئی کمرہ نہیں !کوئی جگہ نہیں "!وہ چیخ پڑے۔

"There's plenty of room!" said Alice indignantly

"کافی جگہ ہے "!ایلس نے غصے سے کہا۔

at one end of the table there was a large arm-chair

میز کے ایک سرے پر ایک بڑی بازو کی کرسی تھی۔

and Alice sat herself in the armchair

اور ایلس خود کرسی پر بیٹھ گئی

the hat maker opened his eyes very wide

ٹوپی بنانے والے نے اپنی آنکھیں بہت وسیع کھول دیں

he couldn't believe what he was seeing

وہ یقین نہیں کر سکتا تھا کہ وہ کیا دیکھ رہا تھا

but his mind was curious about other things

لیکن اس کا ذہن دوسری چیزوں کے بارے میں متجسس تھا۔

"Why is a raven like a writing-desk?"

"ایک ریون لکھنے کی میز کی طرح کیوں ہوتا ہے؟"

Alice was open to the challenge

ایلس چیلنج کے لئے کھلا تھا

"I'm glad they've begun asking riddles"

"مجھے خوشی ہے کہ انہوں نے پہیلیاں پوچھنا شروع کر دی ہیں"

"I believe I can guess that," she added aloud

"مجھے یقین ہے کہ میں اس کا اندازہ لگا سکتی ہوں، "اس نے اونچی آواز میں کہا

The march hare grew curious about Alice

مارچ خرگوش ایلس کے بارے میں متجسس ہو گیا

"Do you really think you can find the answer?"

"کیا آپ واقعی سوچتے ہیں کہ آپ کو جواب مل سکتا ہے؟"

"I think I can find the answer indeed," said Alice

"مجھے لگتا ہے کہ مجھے واقعی اس کا جواب مل سکتا ہے، "ایلس نے کہا.

"Then you should say what you mean," the march hare went on

"پھر آپ کو کہنا چاہیے کہ آپ کا کیا مطلب ہے، "مارچ خرگوش آگے بڑھا۔

"I do say what I mean," Alice hastily replied

"میں وہی کہتی ہوں جو میرا مطلب ہے۔ "ایلس نے عجلت میں جواب دیا۔

"at the very least I mean what I say"

"کم از کم میرا مطلب یہ ہے کہ میں کیا کہتا ہوں"

"that's the same thing, you know"

"یہ ایک ہی چیز ہے، آپ جانتے ہیں"

the dormouse also contributed to the conversation

ڈورماؤس نے بھی گفتگو میں حصہ لیا

but the dormouse seemed to be talking in its sleep

لیکن ایسا لگتا تھا کہ ڈورماؤس نیند میں بات کر رہا تھا

"I breathe when I sleep"

"جب میں سوتا ہوں تو سانس لیتا ہوں"

"I sleep when I breathe!"

"جب میں سانس لیتا ہوں تو سوتا ہوں"!

"you might as well say they are the same too"

"آپ یہ بھی کہہ سکتے ہیں کہ وہ بھی ایک جیسے ہیں"

"It is the same thing with you," said the hat maker

ٹوپی بنانے والے نے کہا ،" آپ کے ساتھ بھی ایسا ہی ہے۔

and he poured a little tea on the dormouse's nose

اور اس نے ڈورماؤس کی ناک پر تھوڑی سی چائے ڈال دی۔

The Dormouse shook its head impatiently

ڈورماؤس نے بے صبری سے اپنا سر ہلایا

and again the dormouse spoke, without opening its eyes

اور ایک بار پھر ڈورماؤس اپنی آنکھیں کھولے بغیر بولا

"Of course, of course it is the same"

"یقیناً، یقیناً یہ ایک ہی ہے "

"that's just what I was going to say myself"

"یہ وہی ہے جو میں خود کہنے جا رہا تھا"

The hat maker turned to Alice and asked another question

ٹوپی بنانے والے نے ایلس کی طرف رخ کیا اور ایک اور سوال پوچھا

"Have you guessed the riddle yet?"

"کیا تم نے ابھی تک اس پہیلی کا اندازہ لگایا ہے؟"

"No, I give up," Alice conceded

"نہیں، میں ہار مان لیتی ہوں۔ "ایلس نے اعتراف کیا۔

"What's the answer?" she wanted to know

"اس کا کیا جواب ہے؟ "وہ جاننا چاہتی تھی۔

"I haven't the slightest idea," said the hat maker

ٹوپی بنانے والے نے کہا،" مجھے ذرا سا بھی اندازہ نہیں ہے۔

"Nor do I know," said the march hare

مجھے بھی نہیں معلوم، "مارچ کے خرگوش نے کہا۔

Alice gave a weary sigh

ایلس نے تھکی ہوئی آہ بھری

"there are better uses of time than riddles without answers"

"جوابات کے بغیر پہیلیوں کے مقابلے میں وقت کا بہتر استعمال ہے "

"have some more tea," the march hare said to Alice, very earnestly

"کچھ اور چائے پی لو، "مارچ کے خرگوش نے بہت خلوص سے ایلس سے کہا۔

Alice was quite offended by the offer

ایلس اس پیشکش سے کافی ناراض تھی

"I've had not had tea yet," Alice replied

"میں نے ابھی تک چائے نہیں پی ہے۔ "ایلس نے جواب دیا۔

"therefore I can't have any more tea"

"اس لیے میں مزید چائے نہیں پی سکتا۔

"You mean you can't have less tea," said the hat maker

"آپ کا مطلب ہے کہ آپ کم چائے نہیں پی سکتے، "ٹوپی بنانے والے نے کہا.

"it's very easy to take more than nothing"

"کچھ بھی نہیں سے زیادہ لینا بہت آسان ہے "

At this, Alice got up and walked off

یہ سن کر ایلس اٹھ کر چلی گئی۔

The dormouse fell asleep instantly

ڈورماؤس فوری طور پر سو گیا

and neither of the others took the least notice of her going

اور دوسروں میں سے کسی نے بھی اس کے جانے پر دھیان نہیں دیا۔

though she looked back once or twice

اگرچہ اس نے ایک یا دو بار پیچھے مڑ کر دیکھا

they were trying to put the dormouse into the tea-pot

وہ ڈورماؤس کو چائے کے برتن میں ڈالنے کی کوشش کر رہے تھے

"At any rate, I'll never go there again!" said Alice

"کسی بھی صورت میں، میں دوبارہ کبھی وہاں نہیں جاؤں گی "!ایلس
نے کہا.

and she walked her way through the woods

اور وہ جنگل میں سے گزرتا چلا گیا

"that was the stupidest tea-party I've ever been to"

"یہ سب سے احمقانہ چائے کی پارٹی تھی جس میں میں کبھی گیا ہوں"

Just as she said this, she noticed something

جیسے ہی اس نے یہ کہا، اس نے کچھ محسوس کیا

one of the trees had a door leading right into it

درختوں میں سے ایک میں ایک دروازہ تھا جو اس کی طرف جاتا تھا۔

"That's very interesting!" she thought

"یہ بہت دلچسپ ہے "!اس نے سوچا

"I think I may as well go through the door"

"مجھے لگتا ہے کہ میں بھی دروازے سے گزر سکتا ہوں"

And through the door she went

اور دروازے سے وہ چلی گئی

Once more she found herself in the long hall

ایک بار پھر اس نے خود کو لمبے ہال میں پایا

again she was close to the little glass table

وہ ایک بار پھر شیشے کی چھوٹی سی میز کے قریب تھی

she took the little golden key

اس نے چھوٹی سی سنہری چابی لے لی

and she unlocked the door that led into the garden

اور اس نے باغ میں داخل ہونے والے دروازے کو کھول دیا۔

Then she set to work nibbling at the mushroom

اس کے بعد وہ مشروم کی دیکھ بھال کرنے کا کام کرنے لگی

she had kept a piece of the mushroom in her pocket

اس نے مشروم کا ایک ٹکڑا اپنی جیب میں رکھا تھا

and finally she was about a metre tall

اور آخر میں وہ تقریبا ایک میٹر لمبا تھا

then she walked down the little corridor

پھر وہ چھوٹی سی راہداری سے نیچے چلی گئی۔

and then she finally found herself in the beautiful garden

اور پھر آخر کار اس نے خود کو خوبصورت باغ میں پایا

and she was among the bright flower and the cool fountains

اور وہ روشن پھولوں اور ٹھنڈے چشموں میں سے تھی

The queen's croquet ground
ملکہ کی کروکیٹ زمین

A large rose-tree stood near the entrance of the garden

باغ کے داخلی دروازے کے قریب ایک بڑا گلاب کا درخت کھڑا تھا

the roses growing on the tree were white

درخت پر اگنے والے گلاب سفید تھے

but there were three gardeners painting the rose

لیکن وہاں تین باغبان گلاب کی پینٹنگ کر رہے تھے

they were busily painting the roses red

وہ گلاب وں کو سرخ رنگ میں رنگ رہے تھے

and Alice was watching them paint the roses red

اور ایلس انہیں گلاب کو سرخ رنگ میں رنگتے ہوئے دیکھ رہی تھی۔

and suddenly their eyes chanced to fall upon Alice

اور اچانک ان کی نظر ایلس پر پڑنے لگی۔

Alice spoke a little timidly

ایلس نے تھوڑا سا ڈرپوک انداز میں کہا

"Would you tell me, please;"

"کیا آپ مجھے بتائیں گے، براہ مہربانی۔"

"why are you all painting those roses?"

"تم سب ان گلابوں کو کیوں پینٹ کر رہے ہو؟"

five and seven said nothing, but looked at two

پانچ اور سات نے کچھ نہیں کہا، لیکن دو کی طرف دیکھا

two spoke, in a low voice

دو نے دھیمی آواز میں بات کی

"Why, the fact is, you see, madam"

"کیوں، حقیقت یہ ہے کہ آپ دیکھ رہے ہیں میڈم"

"this here ought to have been a red rose-tree"

"یہ یہاں ایک سرخ گلاب کا درخت ہونا چاہئے تھا"

"and we put a white rose-tree in by mistake"

"اور ہم نے غلطی سے ایک سفید گلاب کا درخت لگا دیا۔

"as you would agree, the queen must not find out"

"جیسا کہ آپ متفق ہیں، ملکہ کو پتہ نہیں ہونا چاہئے"

"else we would all have our heads cut off"

"ورنہ ہم سب کے سر کاٹ دیے جائیں گے"

"So you see, madam, we're doing our best"

"تو آپ دیکھیں میڈم، ہم اپنی پوری کوشش کر رہے ہیں۔

card five had been anxiously looking across the garden

کارڈ فائیو بے چینی سے باغ کی طرف دیکھ رہا تھا

At this moment card five called out, "The queen! The queen!"

اس وقت کارڈ فائیو نے پکارا،" ملکہ !ملکہ"!

and the three gardeners instantly scurried away

اور تینوں باغبان فوری طور پر وہاں سے چلے گئے۔

and they threw themselves flat upon their faces

اور انہوں نے اپنے آپ کو اپنے چہروں پر لٹکا دیا

There was a sound of many footsteps

بہت سے قدموں کی آواز آئی

Alice looked around, eager to see the queen

ایلس نے چاروں طرف دیکھا، ملکہ کو دیکھنے کے لئے بے تاب

At the start of the procession were ten soldiers

جلوس کے آغاز میں دس سپاہی موجود تھے۔

their hands and feet were in the corners

ان کے ہاتھ اور پاؤں کونوں میں تھے

and in their hands and feet were clubs

اور ان کے ہاتھوں اور پیروں میں کلب تھے

next came the ten courtiers

اس کے بعد دس درباری آئے۔

the courtiers were ornamented all over with diamonds

درباریوں کو ہر طرف ہیروں سے سجایا گیا تھا۔

After the courtiers came the royal children

درباریوں کے آنے کے بعد شاہی بچے آئے۔

there were ten of the royal children

شاہی بچوں میں سے دس تھے

and all the royal children were ornamented with hearts

اور تمام شاہی بچے دلوں سے زینت بنے ہوئے تھے۔

Next came the guests; mostly kings and queens

اس کے بعد مہمان آئے۔ زیادہ تر بادشاہ اور ملکہ

and among the kings and queen Alice saw someone

اور بادشاہوں اور ملکہ ایلس میں سے کسی کو دیکھا

she saw again the white rabbit she had chased

اس نے ایک بار پھر اس سفید خرگوش کو دیکھا جس کا اس نے تعاقب کیا تھا

The procession was followed the knave of hearts

جلوس کے بعد دلوں کی چادر چڑھائی گئی۔

he was carrying the king's crown

وہ بادشاہ کا تاج اٹھائے ہوئے تھا

and the king's crown was on a crimson velvet cushion

اور بادشاہ کا تاج سرخ رنگ کے مخمل کی تختی پر تھا۔

and then came the end of this grand procession

اور پھر اس عظیم الشان جلوس کا اختتام ہوا۔

and there at the end were the king and queen of hearts

اور آخر میں دلوں کا بادشاہ اور ملکہ تھا

the procession came opposite to Alice

جلوس ایلس کے سامنے آیا

and they all stopped and looked at her

اور وہ سب رک گئے اور اس کی طرف دیکھنے لگے

and the queen said severely, "Who is this?"

اور ملکہ نے سخت لہجے میں کہا، "یہ کون ہے"؟

She said it to the Knave of Hearts

اس نے یہ بات دلوں کے کنوے سے کہی

but he just bowed and smiled in reply

لیکن وہ صرف جھک گیا اور جواب میں مسکرایا۔

Alice spoke very politely

ایلس نے بہت شائستگی سے بات کی

"My name is Alice, so please your majesty"

"میرا نام ایلس ہے، تو مہربانی کر کے اپنی عظمت۔"

but she had other thoughts to herself

لیکن اس کے اپنے بارے میں کچھ اور ہی خیالات تھے

"they're only a pack of cards, after all!"

"وہ صرف تاش کا ایک پیکٹ ہیں، آخر کار"!

"Can you play croquet?" shouted the queen

"کیا تم کروکیٹ کھیل سکتے ہو؟ "ملکہ نے چیخ کر کہا۔

The question was evidently meant for Alice

یہ سوال واضح طور پر ایلس کے لئے تھا

"Yes!" said Alice loudly

"ہاں"!ایلس نے اونچی آواز میں کہا۔

"Come play then!" roared the queen

"چلو پھر کھیلو "!ملکہ نے گڑگڑا کر کہا۔

a timid voice spoke to Alice

ایک ڈرپوک آواز ایلس سے بولی

"it's a very fine day!"

"یہ بہت اچھا دن ہے"!

She was walking by the white rabbit

وہ سفید خرگوش کے پاس چل رہی تھی

and the White Rabbit was peeping anxiously into her face

اور سفید خرگوش بے چینی سے اس کے چہرے میں جھانک رہا تھا

"a very fine day indeed," confirmed Alice

"واقعی ایک بہت اچھا دن ہے، "ایلس نے تصدیق کی.

"Where's the duchess?"

"شہزادی کہاں ہے؟"

"Hush! Hush!" said the Rabbit

"ہاں" !ہوش "!خرگوش نے کہا۔

"She's under sentence of execution"

"وہ پھانسی کی سزا کے تحت ہے"

"What is she being executed for?" asked Alice

"اسے کس وجہ سے پھانسی دی جا رہی ہے؟ "ایلس نے پوچھا۔

"She scuffed the queen's ears," the rabbit began

"اس نے ملکہ کے کانوں کو چوم لیا، "خرگوش نے شروع کیا۔

the queen shouted in a voice of thunder

ملکہ گرج کی آواز میں چیخی

"Get to your places!"

"اپنی جگہوں پر چلو"!

and people began running about in all directions

اور لوگ چاروں طرف دوڑنے لگے۔

and they all tumbled up against each other

اور وہ سب ایک دوسرے کے خلاف اٹھ کھڑے ہوئے۔

However, they got settled down in a minute or two

تاہم، وہ ایک یا دو منٹ میں ٹھیک ہو گئے۔

and then the game began

اور پھر کھیل شروع ہوا

Alice had never seen such a curious croquet ground

ایلس نے اس طرح کی عجیب و غریب زمین کبھی نہیں دیکھی تھی

the grass was all ridges and furrows

گھاس تمام لکیریں اور خندقیں تھیں۔

The croquet balls were real hedgehogs

کروکیٹ گیندیں حقیقی ہیج ہوگ تھیں

and the mallets were real flamingos

اور میلیٹس حقیقی فلیمنگو تھے

and the soldiers stood on their hands and feet

اور سپاہی اپنے ہاتھوں اور پیروں پر کھڑے ہو گئے۔

because the arches was made from their bodies

کیونکہ محرابیں ان کے جسموں سے بنائی گئی تھیں۔

The players all played at once

تمام کھلاڑی ایک ساتھ کھیلتے ہیں

nobody waited for their turns

کسی نے اپنی باری کا انتظار نہیں کیا

and everyone quarrelled with everyone

اور سب نے سب سے جھگڑا کیا

and all were fighting for the hedgehogs

اور سب ہیج ہوگوں کے لئے لڑ رہے تھے

soon the queen was in a furious passion

جلد ہی ملکہ ایک غصے میں تھی

and she started stamping about and shouting

اور اس نے چاروں طرف مہر لگانا اور چیخنا شروع کر دیا۔

"Chop off his head!"

"!اس کا سر کاٹ دو"

"Chop off her head!"

"!اس کا سر کاٹ دو"

"Chop all their heads off!"

"!ان کے تمام سر کاٹ دو"

Again Alice thought to herself

ایلس نے ایک بار پھر اپنے آپ کو سوچا

"They're dreadfully fond of beheading people here"

"انہیں یہاں لوگوں کا سر قلم کرنے کا بہت شوق ہے"

"the great wonder is that there's anyone left alive!"

"!سب سے بڑی حیرت کی بات یہ ہے کہ کوئی زندہ بچا ہے"

She was looking about for some way of escape

وہ فرار کا کوئی راستہ تلاش کر رہی تھی

she noticed a curious appearance in the air

اس نے ہوا میں ایک عجیب و غریب شکل دیکھی

"It's the Cheshire-cat," she said to herself

"یہ چیشائر بلی ہے، "اس نے خود سے کہا

"now I shall have somebody to talk to"

"اب میرے پاس بات کرنے کے لیے کوئی ہو گا"

"How are you getting on?" said the cat

"تم کیسے چل رہے ہو؟ "بلی نے کہا۔

"I don't think they play at all fairly," Alice said

"مجھے نہیں لگتا کہ وہ بالکل منصفانہ کھیلتے ہیں، "ایلس نے کہا۔

and she had a rather complaining tone

اور اس کے پاس شکایت کرنے والا لہجہ تھا

"they all quarrel so dreadfully"

"وہ سب بہت خوفناک جھگڑے کرتے ہیں"

"one can't hear oneself speak"

"کوئی اپنے آپ کو بولتے ہوئے نہیں سن سکتا"

"and they don't seem to play by any rules"

"اور ایسا لگتا ہے کہ وہ کسی بھی اصول کے مطابق نہیں کھیلتے ہیں"

the cat asked Alice a question in a low voice

بلی نے ایلس سے دھیمی آواز میں ایک سوال پوچھا

"How do you like the queen?"

"تمہیں ملکہ کیسی لگتی ہے؟"

"I don't like her at all," said Alice

"میں اسے بالکل پسند نہیں کرتی۔ "ایلس نے کہا۔

Alice thought she might as well go back

ایلس نے سوچا کہ وہ بھی واپس جا سکتی ہے

she wanted to see how the game was going

وہ دیکھنا چاہتا تھا کہ کھیل کیسے چل رہا ہے

she went off in search of her hedgehog

وہ اپنے ہیج ہوگ کی تلاش میں نکل گئی

The hedgehog was busy fighting another hedgehog

ہیج ہوگ ایک اور ہیج ہوگ سے لڑنے میں مصروف تھا

this was an excellent opportunity

یہ ایک بہترین موقع تھا

she could croquet one hedgehog with the other

وہ ایک ہیج ہوگ کو دوسرے کے ساتھ جوڑ سکتی تھی۔

but her flamingo was on the other side of the garden

لیکن اس کا فلیمنگو باغ کے دوسری طرف تھا۔

the flamingo was rather clumsy

فلیمنگو بالکل بے حس تھا

her flamingo was trying to fly up into a tree

اس کا فلیمنگو ایک درخت میں اڑنے کی کوشش کر رہا تھا

She caught the flamingo by the leg

اس نے فلیمنگو کو ٹانگ سے پکڑ لیا

and she tucked the flamingo away under her arm

اور اس نے فلیمنگو کو اپنے بازو کے نیچے چھپا لیا۔

that way the flamingo couldn't escape again

اس طرح فلیمنگو دوبارہ فرار نہیں ہو سکا

Just then Alice happened to meet the duchess

تبھی ایلس کی ملاقات ڈچز سے ہوئی۔

The duchess was now out of prison

ڈچز اب جیل سے باہر تھی

She tucked her arm affectionately under Alice's arm

اس نے پیار سے اپنا بازو ایلس کے بازو کے نیچے رکھا

and then they walked off together

اور پھر وہ ایک ساتھ چلے گئے

Alice was very glad to find her in such a pleasant temper

ایلس اسے اتنے خوشگوار مزاج میں پا کر بہت خوش ہوئی۔

She was a little startled, however

تاہم، وہ تھوڑا سا حیران تھا

she heard the voice of the duchess close to her ear

اس نے اپنے کان کے قریب ڈچز کی آواز سنی

"You're thinking about something, my dear"

"تم کسی چیز کے بارے میں سوچ رہے ہو بیٹا۔"

"and that makes you forget to talk"

"اور اس سے آپ بات کرنا بھول جاتے ہیں"

"The game's going on rather better now," Alice said

ایلس نے کہا،" کھیل اب بہتر ہو رہا ہے.

it was one way of keeping the conversation going

یہ بات چیت کو جاری رکھنے کا ایک طریقہ تھا

"it is so indeed," said the duchess

"واقعی ایسا ہی ہے، "ڈچز نے کہا

"and the moral of that is this:"

"اور اس کا اخلاقی پہلو یہ ہے" :

"It is love that does it all!"

"یہ محبت ہے جو یہ سب کرتی ہے"!

"Love is what makes the world go around"

"محبت وہ چیز ہے جو دنیا کو گھومنے پر مجبور کرتی ہے"

Alice had another explanation

ایلس کے پاس ایک اور وضاحت تھی

"it's done by everybody minding his own business!"

"یہ ہر ایک کے ذریعہ کیا جاتا ہے جو اپنے کاروبار کو ذہن میں رکھتا ہے!"

"Ah, well! You could be right"

"اوہ، ٹھیک ہے !آپ صحیح ہو سکتے ہیں"

"It all means much the same thing," said the Duchess

ڈچز نے کہا،" یہ سب ایک ہی چیز کا مطلب ہے.

and she dug her sharp little chin into Alice's shoulder

اور اس نے ایلس کے کندھے میں اپنی تیز چھوٹی ٹھوڑی کھود دی۔

"and the moral of that is this"

"اور اس کا اخلاقی پہلو یہ ہے "

"Take care of the sense"

"حس کا خیال رکھو"

"and then the sounds will take care of themselves"

"اور پھر آوازیں خود کا خیال رکھیں گی"

but then the duchess's arm began to tremble

لیکن پھر ڈچز کا بازو کانپنے لگا

Alice looked up and there stood the queen

ایلس نے اوپر دیکھا اور وہاں ملکہ کھڑی تھی۔

the queen had her arms folded

ملکہ نے اپنے ہاتھ جوڑ رکھے تھے

and she was frowning like a thunderstorm!

اور وہ گرج چمک کی طرح جھوم رہی تھی!

"I give you fair warning," shouted the queen

"میں تمہیں مناسب وارننگ دیتی ہوں۔ "ملکہ نے چیخ کر کہا.

and she stomped on the ground as she spoke

اور بولتے ہوئے وہ زمین پر لیٹ گئی

"either your head or her head must be off"

"یا تو آپ کا سر یا اس کا سر بند ہونا چاہئے "

"Take your choice!"

"اپنا انتخاب کرو"!

"and be quick about it"

"اور اس کے بارے میں جلدی کرو"

The duchess made her choice

ڈچز نے اپنا انتخاب کیا

and within a moment the duchess was gone

اور ایک لمحے کے اندر ہی ڈِچز چلی گئی۔

Then the queen spoke to Alice

پھر ملکہ نے ایلس سے بات کی

"Let's go on with the game"

"چلو کھیل کے ساتھ چلتے ہیں"

Alice was too frightened to say a word

ایلس ایک لفظ بھی کہنے سے ڈر گئی تھی

and she slowly followed her back to the croquet-ground

اور وہ آہستہ آہستہ اپنی پیٹھ کا پیچھا کرتے ہوئے کروکیٹ زمین کی طرف چلی گئی۔

the whole time the queen quarrelled with the other players

پورے وقت ملکہ دوسرے کھلاڑیوں کے ساتھ جھگڑتی رہی۔

"Chop off his head!"

"اس کا سر کاٹ دو"!

"Chop off her head!"

"اس کا سر کاٹ دو"!

"Chop all their heads off!"

"ان کے تمام سر کاٹ دو"!

soon all the players were in custody

جلد ہی تمام کھلاڑیوں کو حراست میں لے لیا گیا۔

only the king, the queen, and Alice remained

صرف بادشاہ، ملکہ اور ایلس باقی رہ گئے

Then the queen left, quite out of breath

پھر ملکہ چلی گئی، سانس نہیں لے پا رہی تھی

and she walked away with Alice

اور وہ ایلس کے ساتھ چلی گئی

Alice heard the king quietly say something

ایلس نے بادشاہ کو خاموشی سے کچھ کہتے سنا

"You are all pardoned"

"تم سب معاف کر دیے گئے ہو"

but suddenly there was another cry heard

لیکن اچانک ایک اور رونے کی آواز سنائی دی۔

"The trial is beginning!"

"مقدمہ شروع ہو رہا ہے"!

and Alice ran along with the others

اور ایلس دوسروں کے ساتھ بھاگی

who stole the tarts?

ٹارٹس کس نے چوری کیے؟

The king and queen of hearts were seated

دلوں کے بادشاہ اور ملکہ بیٹھے ہوئے تھے

they were on their throne when Alice arrived

جب ایلس پہنچی تو وہ اپنے تخت پر تھے

there was a great crowd assembled around them

ان کے ارد گرد ایک بہت بڑا ہجوم جمع تھا۔

there were all sorts of little birds and beasts

وہاں ہر قسم کے چھوٹے پرندے اور جانور تھے

and there was the whole pack of cards

اور کارڈوں کا پورا پیکٹ تھا

the knave was standing in front of them, in chains

کنوی ان کے سامنے زنجیروں میں جکڑا ہوا کھڑا تھا۔

and there was a soldier on each side to guard him

اور اس کی حفاظت کے لئے ہر طرف ایک سپاہی تھا۔

near the King was the white rabbit

بادشاہ کے قریب سفید خرگوش تھا

he had a trumpet in one hand

اس کے ایک ہاتھ میں ٹرمپٹ تھا

and he had a scroll of parchment in the other hand

اور اس کے دوسرے ہاتھ میں کاغذ کا ایک صندوق تھا۔

In the very middle of the court was a table

عدالت کے بالکل وسط میں ایک میز تھی۔

on the table was a large dish of tarts

میز پر ٹارٹس کی ایک بڑی ڈش تھی۔

"I wish they'd get the trial done," Alice thought

"کاش وہ ٹرائل کروا لیتے، "ایلس نے سوچا۔

"then we could eat some of those refreshments!"

"پھر ہم ان میں سے کچھ ریفریشمنٹ کھا سکتے ہیں"!

The judge, by the way, was the king

جج، ویسے، بادشاہ تھا

and he wore his crown over his great wig

اور اس نے اپنا تاج اپنی عظیم وگ پر پہنا

"That's the jury-box," thought Alice

"یہ جیوری باکس ہے، "ایلس نے سوچا۔

"and those twelve creatures, I suppose they are the jurors"

"اور وہ بارہ مخلوقات، میرا خیال ہے کہ وہ جج ہیں۔"

some were animals, and some were birds

ان میں سے کچھ جانور تھے اور کچھ پرندے تھے۔

Just then the white rabbit cried out

تبھی سفید خرگوش چیخ اٹھا

"Silence in the court!"

"عدالت میں خاموشی"!

"Herald, read the accusation!" said the king

"ہیرالڈ، الزام پڑھو "!بادشاہ نے کہا۔

the white rabbit blew three blasts on the trumpet

سفید خرگوش نے ٹرمپٹ پر تین دھماکے کیے

then he unrolled the parchment-scroll

پھر اس نے پارچمنٹ سکرول کو اتار دیا

and he read as follows:

اور اس نے اس طرح پڑھا:

"The queen of hearts, she made some tarts,"

"دلوں کی ملکہ، اس نے کچھ ٹارٹ بنائے تھے۔"

"All this she did on a summer day"

"یہ سب اس نے گرمیوں کے دن کیا تھا۔

"The knave of hearts, he stole those tarts"

"دلوں کا جال، اس نے ان تاروں کو چرا لیا"

"And he took those tarts far away!"

"اور وہ ان ٹارٹس کو بہت دور لے گیا"!

"Call the first witness," said the king

"پہلے گواہ کو بلاؤ۔ "بادشاہ نے کہا۔

and the white rabbit blew three blasts on the trumpet

اور سفید خرگوش نے ٹرمپٹ پر تین دھماکے کیے۔

"bring the first witness!" he called out

"پہلے گواہ کو لے آؤ"!اس نے پکارا۔

The first witness was the hat maker

پہلا گواہ ٹوپی بنانے والا تھا

he came in with a teacup in one hand

وہ ایک ہاتھ میں چائے کا کپ لے کر آیا

and he had a piece of bread and butter in the other hand

اور اس کے دوسرے ہاتھ میں روٹی اور مکھن کا ایک ٹکڑا تھا۔

"You ought to have finished," said the King

"تمہیں اپنی بات ختم کرنی چاہیے تھی۔ "بادشاہ نے کہا۔

"When did you begin?"

"تم نے کب شروع کیا؟"

The hat maker looked at the march hare

ٹوپی بنانے والے نے مارچ خرگوش کو دیکھا

the march hare had followed him into the court

مارچ خرگوش اس کے پیچھے دربار میں داخل ہوا تھا۔

he had walked arm in arm with the dormouse

وہ ڈورماؤس کے ساتھ بازو میں چل رہا تھا

"Fourteenth of March, I think it was," he said

"چودہ مارچ، میرے خیال میں یہ تھا، "انہوں نے کہا۔

"Give your evidence," said the king

"اپنی گواہی دو۔ "بادشاہ نے کہا۔

"and don't be nervous, or I'll have you executed on the spot"

"اور گھبرائیں نہیں، ورنہ میں آپ کو موقع پر ہی پھانسی دے دوں گا"

This did not seem to encourage the witness at all

ایسا لگتا ہے کہ اس سے گواہ کی بالکل حوصلہ افزائی نہیں ہوئی۔

he kept shifting from one foot to the other

وہ ایک پاؤں سے دوسرے پاؤں کی طرف منتقل ہوتا رہا۔

and he looked uneasily at the queen

اور وہ بے چینی سے ملکہ کی طرف دیکھ رہا تھا

and, in his confusion, he bit a large piece out of his teacup

اور، اپنی الجھن میں، اس نے اپنے چائے کے کپ سے ایک بڑا ٹکڑا کاٹ لیا

really he meant to bite from his bread and butter

واقعی وہ اپنی روٹی اور مکھن سے کاٹنا چاہتا تھا

Just at this moment Alice felt a very curious sensation

بس اسی لمحے ایلس کو ایک بہت ہی عجیب احساس محسوس ہوا۔

she was beginning to grow larger again

وہ ایک بار پھر بڑا ہونا شروع ہو گیا تھا

The miserable hat maker dropped his teacup

بدبخت ٹوپی بنانے والے نے اپنا چائے کا کپ گرا دیا

and the bread and butter fell to the ground

اور روٹی اور مکھن زمین پر گر گئے

and he went down on one knee

اور وہ ایک گھٹنے پر گر گیا

"I'm a poor man, your majesty," he began

"میں ایک غریب آدمی ہوں، عزت مآب۔ "اس نے شروع کیا۔

"You're a very poor speaker," said the king

"تم بہت غریب مقرر ہو۔ "بادشاہ نے کہا۔

"You may go," said the king

"تم جا سکتے ہو۔ "بادشاہ نے کہا۔

and the hat maker hurriedly left the court

اور ٹوپی بنانے والا جلدی سے عدالت سے چلا گیا۔

"Call the next witness!" said the king

"اگلے گواہ کو بلاؤ "!بادشاہ نے کہا۔

The next witness was the duchess's cook

اگلا گواہ ڈچز کا باورچی تھا۔

She carried the pepper-box in her hand

اس نے کالی مرچ کا ڈبہ اپنے ہاتھ میں اٹھا رکھا تھا

and the people near the door began sneezing all at once

اور دروازے کے قریب موجود لوگ ایک ہی وقت میں چھینکنے لگے۔

"Give your evidence," said the king

"اپنی گواہی دو۔ "بادشاہ نے کہا۔

"I shall give no evidence," said the cook

"میں کوئی ثبوت نہیں دوں گا، "باورچی نے کہا۔

The king looked anxiously at the white rabbit

بادشاہ نے بے چینی سے سفید خرگوش کی طرف دیکھا

and the white rabbit spoke in a quiet voice

اور سفید خرگوش خاموش آواز میں بولا

"your majesty must cross-examine this witness"

"آپ کی عظمت کو اس گواہ سے جرح کرنی چاہئے "

"Well, if I must, I must," the king said

"ٹھیک ہے، اگر مجھے ضرورت ہو تو، مجھے ضرور کرنا چاہئے، "
بادشاہ نے کہا۔

"What are tarts made of?"

"ٹارٹس کس چیز سے بنے ہوتے ہیں؟"

"tarts are made of pepper, mostly," said the cook

باورچی نے کہا،" ٹارٹ زیادہ تر کالی مرچ سے بنے ہوتے ہیں۔

For some minutes the whole court was in confusion

کچھ منٹ وں کے لئے پوری عدالت الجھن میں تھی۔

eventually they all settled down again

آخر کار وہ سب دوبارہ آباد ہو گئے

but by then the cook had disappeared

لیکن تب تک باورچی غائب ہو چکا تھا۔

"Never mind!" said the king

"کوئی بات نہیں "بادشاہ نے کہا۔

"call to the stand the next witness"

"اگلے گواہ کو اسٹینڈ پر بلاو"

Alice watched the white rabbit as he fumbled over the list

ایلس نے سفید خرگوش کو دیکھا جب وہ فہرست کے بارے میں پریشان
تھا

you can imagine her surprise at what she heard next

آپ اس کی حیرت کا تصور کر سکتے ہیں کہ اس نے آگے کیا سنا

at the top of his shrill little voice, he called the name "Alice!"

اپنی چھوٹی سی آواز کے سب سے اوپر، اس نے "ایلس "کا نام پکارا!

Alice's evidence
ایلس کا ثبوت

"Here!" cried Alice

"یہاں"!ایلس نے چیخ کر کہا۔

She jumped up in a great hurry

وہ بڑی جلدی میں چھلانگ لگا دی

and she tipped over the jury-box

اور اس نے جیوری باکس کے اوپر ٹیپ کیا۔

and she knocked over all the jurymen

اور اس نے تمام جیوری مینوں پر دستک دی۔

and they fell on to the heads of the crowd below

اور وہ نیچے بھیڑ کے سروں پر گر پڑے۔

Alice was in great dismay

ایلس بڑی مایوسی میں تھی

"Oh, I beg your pardon!" she exclaimed

"اوہ، میں آپ سے معافی مانگتی ہوں!"اس نے کہا۔

"The trial cannot proceed," said the king

بادشاہ نے کہا،" مقدمہ آگے نہیں بڑھ سکتا۔

"the jurymen must get back in their proper places"

"جیوری کے ارکان کو اپنی مناسب جگہوں پر واپس جانا چاہئے "

he repeated the order with great emphasis

انہوں نے بڑے زور سے حکم دہرایا۔

and he looked at Alice sternly

اور اس نے ایلس کو سختی سے دیکھا

"What do you know about these events?" the king asked
Alice

"تم ان واقعات کے بارے میں کیا جانتے ہو؟ "بادشاہ نے ایلس سے
پوچھا۔

"I know nothing on the subject," said Alice

"میں اس موضوع پر کچھ نہیں جانتی، "ایلس نے کہا۔

The king then read from his book

اس کے بعد بادشاہ نے اپنی کتاب سے پڑھا

"Rule forty two"

"قاعدہ بیالیس"

"All persons more than a mile high are to leave the court"

'ایک میل سے زیادہ بلندی پر موجود تمام افراد کو عدالت چھوڑنی

ہوگی'

"I'm not a mile high," said Alice

"میں ایک میل بھی اونچی نہیں ہوں، "ایلس نے کہا۔

"Nearly two miles high," said the Queen

"تقریبا دو میل اونچا، "ملکہ نے کہا

"Well, I refuse to go," said Alice

"ٹھیک ہے، میں جانے سے انکار کرتی ہوں، "ایلس نے کہا۔

The king turned pale

بادشاہ پیلا پڑ گیا

and he shut his note-book hastily

اور اس نے جلدی سے اپنی نوٹ بک بند کر دی

"Consider your verdict," he said to the jury

انہوں نے جیوری سے کہا کہ اپنے فیصلے پر غور کریں۔

he spoke in a low, trembling voice

وہ دھیمی، کانپتی ہوئی آواز میں بولا

then the white rabbit spoke

پھر سفید خرگوش بولا

"There's more evidence to come yet"

"ابھی مزید ثبوت آنا باقی ہیں"

and he jumped up in a great hurry

اور وہ بڑی جلدی میں کود پڑا

"This paper has just been picked up"

"یہ کاغذ ابھی اٹھایا گیا ہے"

"It seems to be a letter written by the prisoner"

"ایسا لگتا ہے کہ یہ قیدی کا لکھا ہوا خط ہے"

He unfolded the paper as he spoke

اس نے بولتے ہوئے کاغذ کھول دیا

"It isn't a letter, after all"

"یہ ایک خط نہیں ہے، آخر کار"

"what it was was a set of verses"

"یہ آیات کا ایک مجموعہ تھا"

"Please, your majesty," said the knave

"براہ مہربانی، عزت مآب۔ "کنوے نے کہا۔

"I didn't write those verses"

"میں نے یہ آیات نہیں لکھی ہیں"

"and they can't prove that I wrote anything"

"اور وہ یہ ثابت نہیں کر سکتے کہ میں نے کچھ لکھا ہے"

"there's no name signed at the end"

"آخر میں کوئی نام دستخط نہیں کیا گیا ہے"

the king spoke to the knave

بادشاہ نے کنوے سے بات کی

"You must have meant to cause some mischief"

"تم کچھ فساد پھیلانا چاہتے ہو گے"

"else you'd have signed your name like an honest man"

"ورنہ آپ ایک ایماندار آدمی کی طرح اپنے نام پر دستخط کرتے"

There was a general clapping of hands

ہاتھوں کی ایک عام تالیاں بج رہی تھیں

and the king turned to the white rabbit

اور بادشاہ سفید خرگوش کی طرف مڑ گیا

"Read the verses," he ordered

"آیات پڑھو"، اس نے حکم دیا۔

There was dead silence in the court

عدالت میں مردہ خاموشی چھا گئی

and the white rabbit read out the verses

اور سفید خرگوش نے آیات پڑھ کر سنائیں

They told me you had been to her

انہوں نے مجھے بتایا کہ تم اس کے پاس گئے تھے

And they mentioned me to him

اور انہوں نے اس سے میرا ذکر کیا

She gave me a good character

اس نے مجھے ایک اچھا کردار دیا

But she said I could not swim

لیکن اس نے کہا کہ میں تیر نہیں سکتا

He sent them word I had not gone

اس نے انہیں پیغام بھیجا کہ میں نہیں گیا تھا

We know it to be true

ہم جانتے ہیں کہ یہ سچ ہے

If she should push the matter on, what would become of you?

اگر وہ اس معاملے کو آگے بڑھائے تو آپ کا کیا بنے گا؟

I gave her one, they gave him two

میں نے اسے ایک دیا، انہوں نے اسے دو دیئے

You gave us three or more

آپ نے ہمیں تین یا اس سے زیادہ دیا

They all returned from him to you

وہ سب اس کی طرف سے تمہارے پاس لوٹ آئے

although they were mine before

اگرچہ وہ پہلے میرے تھے

If I or she should chance to be

اگر مجھے یا اس کو موقع ملنا چاہئے

If I or she were involved in this affair

اگر میں یا وہ اس معاملے میں ملوث تھے

He trusts to you to set them free

وہ انہیں آزاد کرنے کے لئے آپ پر بھروسہ کرتا ہے

Exactly as we were

بالکل ویسے ہی جیسے ہم تھے

My notion was that you had been

میرا خیال تھا کہ آپ تھے

Before she had this fit

اس سے پہلے کہ وہ یہ فٹ تھا

An obstacle that came between

ایک رکاوٹ جو درمیان میں آئی

Him, and ourselves, and it

وہ، اور ہم، اور یہ

Don't let him know she liked them best

اسے یہ نہ بتائیں کہ وہ انہیں سب سے زیادہ پسند کرتا ہے

For this must for ever be a secret, kept from all the rest

کیونکہ یہ ہمیشہ کے لئے ایک راز ہونا چاہئے ، باقی سب سے پوشیدہ رہنا چاہئے۔

This secret must remain a secret between yourself and me

یہ راز میرے اور آپ کے درمیان ایک راز رہنا چاہئے

the king was very impressed

بادشاہ بہت متاثر ہوا

"That's the most important piece of evidence we've heard yet"

"یہ سب سے اہم ثبوت ہے جو ہم نے ابھی تک سنا ہے "

"I don't believe those verses carry an atom of meaning," objected Alice

"مجھے یقین نہیں ہے کہ ان آیات میں ایک ایٹم بھی معنی رکھتا ہے ، " ایلس نے اعتراض کیا۔

the King had his own opinion on the matter

بادشاہ کی اس معاملے پر اپنی رائے تھی۔

"If there's no meaning in those words, that saves a world of trouble"

"اگر ان الفاظ میں کوئی معنی نہیں ہے ، تو یہ مصیبت کی دنیا کو بچاتا ہے "

"then we needn't try to find the meaning"

"پھر ہمیں معنی تلاش کرنے کی کوشش کرنے کی ضرورت نہیں ہے "

"Let the jury consider their verdict"

"جیوری کو ان کے فیصلے پر غور کرنے دیں"

"No, no!" said the queen

"نہیں، نہیں "ملکہ نے کہا۔

"Sentencing first—verdict afterwards"

"پہلے سزا -بعد میں فیصلہ"

"Stuff and nonsense!" said Alice loudly

"فضول باتیں اور فضول باتیں "!ایلس نے اونچی آواز میں کہا۔

"how silly it is to sentence the defendant first!"

"مدعا علیہ کو پہلے سزا دینا کتنا احمقانہ ہے "!

"Hold your tongue!" said the queen, turning purple

"اپنی زبان پکڑو "!ملکہ نے جامنی رنگ اختیار کرتے ہوئے کہا۔

"I will not hold my tongue!" said Alice

"میں اپنی زبان نہیں پکڑوں گی "!ایلس نے کہا۔

the queen shouted at the top of her voice

ملکہ اپنی آواز کے اوپر سے چیخی

"chop off her head!"

"اس کا سر کاٹ دو"!

Nobody made a movement

کسی نے تحریک نہیں چلائی

"Who cares what you say?" said Alice

"کون پرواہ کرتا ہے تم کیا کہتے ہو؟ "ایلس نے کہا۔

she had grown to her full size by this time

اس وقت تک وہ اپنے پورے سائز تک بڑھ چکی تھی

"You're nothing but a pack of cards!"

"تم تاش کے ایک پیکٹ کے سوا کچھ نہیں ہو"!

At this, all the cards rose up in the air

اس پر سارے کارڈ ہوا میں بلند ہو گئے۔

and all the cards came flying down upon her

اور سارے پتے اس پر اتر آئے۔

she gave a little scream

اس نے تھوڑی سی چیخ دی

she was half afraid, but also angry

وہ آدھا خوفزدہ تھا، لیکن غصہ بھی تھا

and she tried to fight the cards off of herself

اور اس نے اپنے پتوں سے لڑنے کی کوشش کی

and then she found herself lying on the grass bank

اور پھر اس نے خود کو گھاس کے کنارے لیٹا ہوا پایا

her head was in the lap of her sister

اس کا سر اس کی بہن کی گود میں تھا

some dead leaves had landed on her face

کچھ مردہ پتے اس کے چہرے پر اترے تھے

and her sister was gently brushing the leaves away

اور اس کی بہن آہستہ آہستہ پتوں کو صاف کر رہی تھی

"Wake up, Alice dear!" said her sister

"جاگ جاؤ، ایلس ڈیئر !"اس کی بہن نے کہا۔

"what a long sleep you've had!"

"کتنی لمبی نیند آئی ہے تم نے"!

"Oh, I've had such a curious dream!" said Alice

"اوہ، میں نے ایک عجیب خواب دیکھا ہے "!ایلس نے کہا۔

And she told her sister all she could remember

اور اس نے اپنی بہن کو وہ سب کچھ بتا دیا جو اسے یاد تھا

all the strange adventures that you have just been reading about

وہ تمام عجیب و غریب مہم جوئی جن کے بارے میں آپ ابھی پڑھ رہے ہیں

Alice got up and ran off

ایلس اٹھی اور بھاگ گئی

and she thought, while she ran, about her dream

اور بھاگتے ہوئے اس نے اپنے خواب کے بارے میں سوچا

"what a wonderful dream it had been!"

"یہ کتنا شاندار خواب تھا"!